新編「吾輩は猫である」

山川とおる

東京図書出版

まえがき

夏目漱石の名作『吾輩は猫である』は高浜虚子の勧めにより虚子の俳句雑誌『ホトトギス』の明治三十八年一月号に第一回分が掲載された。漱石は一回完結の意図で書いたものであり、また文章も虚子が手直ししている。従って漱石と虚子の合作とも言える内容で第一回分で本来終了したはずである。ところが意外に好評であり、虚子の勧めにより二回、三回と書き進め、『ホトトギス』の明治三十九年八月号第十一回により完結した。因って、小説として全体の構成はバランスを欠いた感が否めない。

明治三十八年と言えば日露戦争の最中であり、この年の五月に東郷平八郎元帥率いる連合艦隊がロシアのバルチック艦隊五十隻と対馬海峡で決戦を行い大勝利を収めた。この勝利により日本は世界に認められた。

私が中学一年の時初めて読んだ小説が『吾輩は猫である』で、その面白さにすっかり魅了されてしまった。以後中学三年間に夏目漱石の全作品と手紙・俳句・漱石に関する評論等を読み耽り、判りもしないままに完全な漱石マニアとなってしまった。中学生ながら漱石の文章・思想・俳句から大きな影響を受けた。それは日本人として生まれたことの無上の幸せであったとつくづく感じている。と同時に恐れ多いこととは言え猫のスタイルを借りて将来の日本の時代情勢を描いた作品を書こうと決心した。

『新編「吾輩は猫である」』は前述の事情により六十年経て完成した。本書は「ブラームス」という名の猫の目から現代日本の社会状況について諷刺的に観察した小説である。漱石の名作『三四郎』のヒロインのモデル、漱石と味の素の発明者の関係、我が家の隣人であった伊藤整氏の話、さらには学力崩壊、世田谷一家殺人事件や我が国の国債残高、福島原発の処理といった深刻な問題の他、俳句談議、音楽評論等も取り上げた。

本書については多くのご批判があろうかと存じます。皆様の真摯なご批判を猫の「ブラームス」と共に歓迎いたす所存です。

新編「吾輩は猫である」　目次

第一章　吾輩の名は「マーガレット・ミッチェル・ブラームス」

吾輩は猫である。かの文豪夏目漱石先生の猫は明治時代の猫故に一生名無しであったようだ。現代即ち二十一世紀の猫である吾輩には「ブラームス」という立派な名前がある。

吾輩の毛並みが白と黒のブチである為、語呂合わせでブチのブをとって、この家の亭主は吾輩に「ブラームス」という名前を付けたそうだ。ブラームスと言えばドイツ三大Bの大作曲家、バッハ・ベートーベン・ブラームスの一人でドイツロマン派の巨匠である。但し、吾輩はメス猫なので亭主は「ヨハネス・ブラームス」ではなく、ニャンと吾輩に「マーガレット・ミッチェル・ブラームス」というフルネームを付けた。そもそも名作『風と共に去りぬ』の作者マーガレット・ミッチェル女史と作曲家ブラームスは何の関係もない。

この家の亭主は風変わりというより相当頭のおかしな人間で、この界隈では「フーテンの山川」と呼ばれている。その「フーテンの山川」が吾輩に付けた名前が「マーガレット・ミッチェル・ブラームス」である。名付け親が、「フーテンの山川」ではあるものの吾輩は、「マーガレット・ミッチェル・ブラームス」というフルネームが結構気に入っている。

吾輩の母親は「黒兵衛」という真っ黒な猫で、なんらかの訳有りでこの山川家の庭に住み付いた。「黒兵衛」は全くの野良猫つまり野生のエルザならぬ野生の猫で狩りの名手である。スズメ捕りの名人でよくスズメを生きたまま食べている。勿論ネズミも食べるが頭と尻尾だけは残している。その残り物はカラスの餌になるし、鳩でさえ生きたまま食べている。

「黒兵衛」はやがて子猫を四匹産んだ。その中の一匹が吾輩「マーガレット・ミッチェル・ブラームス」である。四匹の子猫の内一匹は黒のオスで他家に養子に出され、「ジュリアス・シーザー」という名前を貰ったと聞いている。その「ジュリアス・シーザー」がどうなったのかは吾輩には皆目見当が付かない。

他の二匹はメス猫で一匹は黒いのでクロのクをとって「クララ・シューマン」という名になった。勿論亭主がヨハネス・ブラームスの師でローベルト・シューマン夫人の「クララ・シューマン」の名をふざけて猫に付けたと思われる。「クララ・シューマン」は気の毒なことに、この家の門の外で自動車事故により短い生涯を閉じた。人間の「クララ・シューマン」は夫ローベルトの死後ピアニストとして活躍し、ローベルト・シューマンの作曲したピアノ協奏曲イ短調を弾き全ヨーロッパにこのピアノ協奏曲をひろめた。この曲は今ではピアノ協奏曲の女王と呼ばれるほどの名曲との評価が定着しているが、クララ・シューマンが弾いていた当時はあまり評判は良くなく、クララはヴァイオリニストで夫ローベルトの友人であったヨアヒムに作品の手直しを頼んだほど困ったと言われている。作品の評価とはそんなものであろうか。いずれにしろ吾輩の妹「クララ・シューマン」と人間の「クララ・シューマン」は全く異なる猫生と人生であったと言える。

妹の「クララ・シューマン」と比べると、吾輩は「マーガレット・ミッチェル・ブラームス」という立派な名前を貰っただけあって、なかなか運が良いようだ。

もう一匹のメス猫は黒トラである。トラ故に亭主は「シナトラ」即ちアメリカの大歌手「フランク・シナトラ」の名を付けた。初め亭主はその黒トラをオスだと勘違いしていたようだ。ところがある日、亭主が「フランク・シナトラ」の尻尾を持ち上げてよくよく観察したところ、オスには当然あるべきものが無いということに気付いた。亭主は大発見をしたと言って「フランク・シナトラ」の名をただちに「スカーレット・シナトラ」と変え、ご丁寧にも友人・知人宛に「猫の名前の変更について」という手紙を十数通発信した。

その内容は次のとおりで、これも「フーテンの山川」にふさわしい。

前略

益々ご清栄のこととお喜び申し上げます。さて突然のことで誠に恐縮に存じますが此度我が家の猫「フランク・シナトラ」について医学的検査をしたところオスではなくメスであることが判明しました。従いまして、名前を「フランク・シナトラ」から「スカーレット・シナトラ」に変更いたしましたのでここに慎んでお知らせ申し上げます。今後も「黒兵衛」「マーガレット・ミッチェル・ブラームス」共々宜しくお引き立ての程お願い申し上げます。とり急ぎ一筆お知らせまで。

草々。

おって、マーガレット・ミッチェル女史の小説に因み短歌を作りました。お笑いいただければ幸甚に存じます。

〝ブラームスカーレットに戯れて春の雲去りぬ風と共に〟

山川とおる拝

猫の名前の変更通知書を出状する人間は珍しいであろう。さらに短歌とも言えない奇妙な一首を添えている。三十一文字には違いないが五七五八六となっていて五七五七七という短歌の形式になっていない。短歌もどきの代物と言える。この家の亭主はまさに「フーテンの山川」

の名に値する。その上吾輩の妹「スカーレット・シナトラ」は、ごく並の黒トラでビビアン・リーには全然似ていない。

この山川とおるなる人物は、自称作家にして俳人さらに音楽評論家という世にも奇天烈なるイカレポンチである。亭主は自らを現代日本の高等遊民と称しているが、遊民はともかく顔も頭脳も到底高等とは言えない。ただの「フーテン遊民」であろう。

吾輩達猫一家の住所は東京西のはずれ世田谷にある。京王線千歳烏山駅の近くである。昔は千歳村と呼ばれていた東京の田舎であるが、今では通称チトカラと言われ何やら近代的な感がある。チトカラはテレビでもよく取り上げられる程である。亭主によると、この付近は少し前まではほとんど畑で道端に肥溜めが沢山あったそうである。新宿で酒を飲んだ男がチトカラに帰って来て、よく肥溜めに落ちたらしい。何とか友人が助けたが、助けた友人も奥様も、酔って肥溜めに落ちた本人もあまりの臭さに大いに困ったと言われている。どのようにして臭みを消したかは吾輩は知らない。人間でも大人は助かったが子供は肥溜めに落ちて死んだそうだ。可哀相な死に方である。犬もよく肥溜めに落ち、そのまま畑の肥料になったようだ。

千歳烏山の東は芦花公園で昔は千歳村粕谷と呼ばれていた。明治の末に文豪徳冨蘆花が都心から千歳村粕谷に引っ越し居を構えた。

蘆花先生も蚊と蛇が多いのに大いに悩まされたらしい。今ではその家は蘆花恒春園として保存され一般に公開されている。

西は仙川で武者小路実篤が晩年住んでいた。こちらも実篤公園及び実篤記念館として残され公開されている。

〝この道より我を生かす道なし　この道を歩む〟
〝君は君我は我なり　されど仲良き〟

といった実篤の書も残されている。

さらに南は成城で、大岡昇平氏や平塚らいてう女史がその昔住んでいた。北原白秋の旧宅跡を示す石碑もあるし、ノーベル賞作家大江健三郎氏の自宅もある。

さらに言えば、ここ山川家の隣には『チャタレイ夫人の恋人』で有名になった昭和の文豪伊藤整氏が住んでいたと言うから吾輩も驚いた。伊藤家と山川家は長い付き合いというからビックリである。

肥溜めの町で東京の田舎チトカラは意外にも文学の町であるらしい。この家の東には世田谷文学館もある程である。

吾輩はここ東京の田舎で生まれたから昔なら江戸っ子ならぬ江戸猫である。しかし文学の猫とは毛頭思っていない。

自称作家という「フーテン遊民」の山川氏は文学とは何の関係もないただのイカレポンチである。特に外国文学の素養が全然無い。『戦争と平和』の作者はサルトルだと言うに至っては論外である。

吾輩達猫一家の住居は、山川家の庭にある小さなベランダ上の犬小屋である。亭主は猫小屋を買いにあちこちのホームセンターをさがしたが、結局猫小屋という商品は無く替わりに犬小屋を買ってきた。従って吾輩は犬小屋に住む猫となった次第である。人間とは馬鹿な動物で、犬小屋に住む動物は犬だと思い込んでいる。この家の来客は必ず吾輩「ブラームス」を犬と間違えるから人間とは愚かしいものである。

山川家の住人は、亭主と奥様、それになおちゃんという女の子とお兄ちゃんの四人である。

亭主はずんぐりとした体型の風采の上がらない男である。吾輩が思うにお世辞にも男前とは言えない。頭でっかち、近眼、なで肩、胴長、短足と一昔前の日本人の劣悪なる肉体的特徴を全てそなえているところが面白い。

目の細いところは、テレビで見るあの「フーテンの寅さん」によく似ている。誰が名付けたか知らぬが「フーテンの山川」とはよく言ったものだ。劣悪なる生来の肉体的特徴に加えて去年から肥満気味で腹がせり出してきた。この亭主を動物にたとえれば、あの海の怪獣トドであろう。肥満してトドの如き体型になった原因は、ビールの飲み過ぎと運動不足にあると吾輩は見ている。亭主はたいしてアルコールに強くもないくせにむやみにビールを飲む。このところ春だというのに連日猛暑が続いているが、暑さを口実にして亭主は昼間からビールをガブ飲みしている。亭主はただひたすらビールを飲んで汗と尿を大量生産しているにすぎない。さらに亭主はビールを飲んで酔うと「フーテンの寅さん」を真似して、

〝新宿　四谷　お茶の水　パリにロンドン　ニューヨーク　チャラチャラ流れるセーヌ川　チンタラ流れるテムズ川　粋な貴婦人立ち小便　立派な紳士は立ちオナラ　毛唐は毛だらけ　エゲレスだらけ　ドイツもコイツもフランスもマダムのお尻は糞だらけ　ブルーネットもブロンドもレディのお尻は糞だらけ　サッチャー夫人もダイアナもお尻の周りは糞だらけ〟

と、とんでもない冗談をとばす癖がある。山田洋次監督が聞いたら仰天するであろうし、欧米人が聞いたら激怒するに違いない。鉄の女も生きていたら黙っていないのではないか。もしダイアナが生きていたらあのスマイルは一瞬にして消えひきつった顔に変わること請け合いである。下手をすると外交問題になりかねない。

亭主は吾輩の心配を一向に気にせず平気の平左でしばしばこの台詞を吐いているからなんとも呆れたものだ。

仕事がない亭主は自ら作家と称し、原稿書きを始めた。しかし精神病で銀行を辞めた「フーテン」に出版社からお呼びがかかるはずもない。吾輩が思うにろくなものは書けないであろう。原稿用紙の無駄遣いである。

亭主によるとその昔銀行で稼いだ金を全て株に投資して儲けたそうである。商才のある人間とは思えないから単にバブルの恩恵を受けたにすぎないと思われる。バブルを起こした政府・日銀に比べればこの亭主の如きは罪はない。山一證券が倒産してからは、亭主は一度も兜町へ行っていない。ビールの泡ならぬバブルの泡で二十年以上食ってきたとは不思議な「フーテン遊民」である。しかしビールの泡でなくバブルの泡で二十年以上食ってきたとは精神病で銀行を辞めた人間らしい。しかしバブルの稼ぎも無くなって作家と称したところで一文たりとも金は入って来ない。

亭主が稼がないので小柄で薬剤師の奥様が世田谷区内の薬局に週四日勤めている。

昔なら薬局のおばさんであるが、近頃は薬局のおばさんも出世して先生様である。いたってそそっかしい先生らしいが薬局で毎日先生と呼ばれているうちに奥様は自分が女王様で一番偉いと思ってしまったようだ。

聞くところによると、かのアメリカ合衆国では一番偉い職業は薬剤師で、医師や大学教授より社会的地位は上という話である。ところ変われば何とやらで薬剤師の先生はたいしたものらしい。

娘のなおちゃんは高校生で猫とヴァイオリンを愛する女の子である。吾輩の良き遊び相手でもある。愛用のヴァイオリンはチェコ製でサラサーテというお店で買ってきた。高校のオーケストラで毎日ヴァイオリンを弾いている。オーケストラではコンサートミストレスとして後輩の指導もしているからたいしたものらしい。春の定期演奏会ではブラームスの交響曲第二番を熱演した。吾輩ブラームスとしても喜ばしい限りである。なおちゃんは、こと音楽に関しては一端の意見を持っている。特にヴァイオリン演奏についてはかなりうるさい。

〝ブラームスのヴァイオリン協奏曲については古い演奏ながらヴァイオリンの帝王と呼ばれたフリッツ・クライスラーが最高で、新しいところでは女流のジョコンダ・デ・ヴィートの演奏が出色であり、ダヴィット・オイストラフの演奏は並で芸術性がない〟

などと言っている。音楽のみならず世田谷の女の子だけあってファッションにもうるさく、お洒落に熱心である。新宿・渋谷・下北沢などにしばしば出かける。

もう一人の住人お兄ちゃんは大学生である。去年はK塾なる予備校に通っていたが、この春目出度く某薬科大学に合格した。お兄ちゃんは奥様の真似をして薬剤師を目指している。彼によると、この不況下では有名大学を卒業してもろくな勤め先は無いそうである。その点、薬科大学なら薬剤師という国家資格も取れるし就職の心配もない、と言っている。なかなか現実的思考の持ち主で、学業の方はともかくとしてスキー、テニス等のスポーツには大変なエネルギーを注いでいる。入試合格記念に春には蔵王へスキー、先日も大学の友人三人と車で河口湖へテニスに行ってきた。

なおちゃんもお兄ちゃんも現代日本の平均的学生と言えよう。

この山川家は亭主が自称作家・俳人そして音楽評論家というグータラな「フーテン遊民」である点を除けば、ごく普通の東京世田谷の家庭であろう。女性が働き、亭主が家にいるというのも今の日本の傾向なのかもしれない。

ある暑い日の夕方、亭主がいつもの如く昼寝から目覚め二階から一階に下り庭を見にふいと玄関に出た。その時一台の巨大なるベンツが山川家の前に止まった。そのベンツの持ち主で運転手は建築会社の社長で、この家の南、成城に住んでいる。世田谷の狭い道を走るのにこのような巨大なベンツは必要なかろう。

社長のベンツはV型十二気筒六千ccのエンジンで濃紺のボディは完璧に磨き上げられている。社長の話ではベンツとトヨタやニッサンでは天と地ほどの差があるという。さらに昨今の小型のベンツはベンツに非ずで、社長の持つV型十二気筒六千ccのエンジンでなければベンツの価値はないそうである。

こんな巨大なエンジンは炭酸ガスを大量に排出するだけである。吾輩が思うに地球温暖化の原因はジェット機と共に社長のベンツにある。社長と亭主は玄関で立ち話を始めた。用件は山川家の改装即ち屋根の修理とペンキの塗り直しが必要とのことである。この家の設計施工をしたのがこの社長であり、建築後十年以上経過したので改装を要するらしい。

社長と亭主はしばらく立ち話をしている。この社長はなかなかお洒落な男で、この暑さの中グレーのスーツに身を包み粋な柄のカルガモいやフェラガモのネクタイを締めている。社長は一日中巨大なベンツで建築工事の現場を飛び回っている。グレーのスーツもフェラガモのネクタイも巨大なベンツも建築工事の現場には不似合と思われる。この社長のお洒落に関する根性は筋金入りで、冬は毛皮のブーツを使い、この暑い折、ネクタイにスーツで汗だくとは見上げた紳士である。用件が済むと社長は犬小屋から出た吾輩を見て「あれは犬ですか」と亭主に訊いた。亭主は「あれは犬小屋に住んでいますが、犬ではなく猫なんです。家の外に居るので我が家の外猫《ソトネコ》と呼んでいます。犬と違って散歩させなくてもいいから楽ですよ。それに糞も自分で穴を掘って埋めますから手がかかりません。メス猫で名前は『マーガレット・ミッチェル・ブラームス』です。オスでしたら『ヨハネス・ブラームス』としたんですが、残念ながらメスなんですよ」と笑いながら答えた。ベンツの社長は「白と黒のブチなんで犬にしてはおかしいと思ったんです。それにしても『マーガレット・ミッチェル・ブラームス』とは猫にしては高貴な名前ですね」と吾輩の名前にいたく感心した様子である。亭主は、

「高貴な猫ではないんですよ。親猫はもともと野良猫でしてね。『黒兵衛』という真っ黒な猫なんです。娘が可愛がって私が餌をやり『黒兵衛』がこの家の庭に住み付いたんです。『黒兵衛』が子猫を四匹産んで、その中の一匹がそこにいる『マーガレット・ミッチェル・ブラームス』なんです」

「あと三匹の子猫がいるんですか」と社長は驚いた顔をした。

「ええ、一匹はオスで他家に養子に出しました。聞くところによると『ジュリアス・シーザー』という名前を貰ったそうです。他は全てメス猫で一匹は黒いので黒のクをとって『クララ・シューマン』と名付けました。気の毒なことに『クララ・シューマン』はこの家の外で交通事故により生涯を閉じました」

「クララ・シューマン殿は気の毒でしたね。ところで『クララ・シューマン』とは音楽家のシューマン夫人と同じ名前ではないですか」

「ええ、勿論ブラームスの師でローベルト・シューマン夫人の名を借りて、さらに黒いのでクロのクをとって『クララ・シューマン』としたんです」

社長は「うーん、猫の名前としては珍しいですね。それでもう一匹のメス猫の名前はどういう名前ですか」

「クロトラの猫なのでシナトラとしました。オスなら『フランク・シナトラ』としたんですがメスなので『スカーレット・シナトラ』としました。『スカーレット・オハラ』と『フランク・シナトラ』を組み合わせて」

「山川さんの猫の名前の付け方はユニークで面白いですね。まずそういう名前の猫はいないでしょう。特にブチ猫の名前が『マーガレット・ミッチェル・ブラームス』とは大いに驚きました」ベンツの社長は吾輩達猫一家の名前に大いなる感銘を受けたらしい。

「山川さん、工事の見積書は近日中にお送りします。今日は特に暑い日でしたが、夕方になって世田谷にも風が吹いてきました。アメリカの南部でも世田谷にも明日は明日の風が吹くのでしょう」と言って、巨大なる左ハンドルのベンツの座席に乗り込んでエンジンをかけた。V型十二気筒エンジンの轟音と共に社長は成城に向かってこの家を去った。

亭主はベンツを見送り、しばし茫然と道端に佇んでいたが、しばらくすると「春の夕　ベンツは風と共に去る」と俳句らしき言葉を一人で呟いた。

この亭主は自称作家であるが同時に自称俳人でもある。これは春という季語が入っており、五七五になっているから一応俳句ではある。しかし吾輩が思うに全くの駄作であり俳句に値しない。

「フーテン遊民」は自称俳人であるが、俳人と言うより廃人と言った方がピッタリしていると吾輩ブラームスは考慮した。

第二章　夏目漱石とチャタレイ夫人の恋人

ある初夏の日、朝七時奥様起床、十分遅れて亭主がいつもの如く間の抜けたフーテン面《ヅラ》で二階から下りて来た。亭主の朝の仕事はまずゴミ出しである。以前より山川家のゴミ出し係長に任命されている。この係長の仕事は週三回家中のゴミを集めて袋に入れ表の道路に出すことである。任務を終えた係長は日経の朝刊を読みながらテレビを見ている。ゴミ出しの次の仕事は、コーヒー沸かしである。本日のコーヒー豆はモカ・マタリで、日経新聞にコーヒーとは見かけは恰も銀行員の如しである。精神病で銀行を辞めた「フーテン遊民」の分際で日経新聞もコーヒーも必要なかろう。どうも肝心の吾輩達猫一家の朝食を忘れている。居間のガラス戸越しに「スカーレット・シナトラ」と共に〝ニャン、ニャン、ニャン、ニャン〟と催促すると、亭主は猫って奴は、ニャン、ニャン騒げば飯が貰えると思っているらしい。ニャンとも結構毛だらけな動物だと吾輩ブラームスとスカーレット・シナトラを見下ろすと「『マーガレット・ミッチェル・

ブラームス』が、腹ペコでうるさいから何かやってくれ」と奥様に声をかけた。奥様は「カリカリは飽きたようだし、猫缶は嫌いらしいから鯵をチンしてやりましょうか」と答えた。

カリカリというのは猫用のドライフーズで正しくは猫楽と言う。以前は吾輩達猫一家の主食だったが近頃大分飽きてきた。猫缶とは猫用の缶詰でどうも美味くない。鰹か鮪を使っているが味付けがまるで駄目でメーカーの創意工夫が足りない。パソコンやスマホとなると熱心に技術革新を行うが、猫の食い物についてはこの国ではとかく軽視されている。

猫の食い物を軽視するようでは到底文化国家とは言えない。日本国の文化水準は相当低い、即ち低開発国並みと言わざるをえない。

亭主は「猫のくせに猫缶を食わんとはけしからん」と言うが、猫はグルメで人間より味覚が発達していることを、この「フーテン」はご存知ない。それに何かにつけ横柄な態度で〝猫のくせに〟と言うのも吾輩の気に障る。

人間様が一番偉いと威張ってみたところで所詮猿の一種にすぎない。その猿の一種が猫より優れているとは全然思えない。最新の科学によると人間とチンパンジーの遺伝子はほとんど同じだそうだ。吾輩が思うに、人間とチンパンジーの違いはパンツだかパンティ或いはショーツと称する衣類を穿いているかいないかくらいであろう。しかるに近頃は欧米はもとより日本でも亭主の好きなヘア・ヌードの流行で人間の女もパンティとかショーツを脱いで全裸になるから人間とチンパンの差など無きに等しい。ところが〝人間は神が創造したもので猿とは違う〟と主張している宗教団体がある。主にキリスト教系の宗教団体で聖書にそのように書いてあるとの言い分らしい。吾輩ブラームスは聖書なる書物を読んだこともないのでニャンとも言えないが、きわめて非科学的な大昔の書物のようである。こんな本を信じている人間が欧米には多いらしい。欧米は先進国かと思いきや、アメリカでは国民のほとんどがライフルやピストル、マシンガンを持っているというから全くの野蛮国で西部劇の国だと吾輩は考えている。

吾輩が西部劇の国について考えているうちに、奥様は冷凍庫から小鯵を取り出し電子レンジに放り込んだ。この奥様は電子レンジのことをチンと呼んでいる。「チンする」という珍奇な動詞をよく使うが電子レンジで温めるという意味である。「チンする」はテレビでもよく使われており、既に一般用語になっているらしい。ところがいたってそそっかしい奥様は朝の仕度で忙しくなると、しばしば言語障害をおこして「今チンをチンしているから」とか「あれをチンチンしているから」とチンをダブルで使うことがある。女言葉としていかがなものであろうか。感心出来ないのは吾輩ブラームスだけではあるまい。

しばらくするとチンされた小鯵を亭主が持って来てベランダに放り投げた。何分腹が減っているのですぐにも鯵を食べたいところだが熱くてどうにもならない。チンの威力はたいしたものので冷凍庫の鯵は熱々になっている。前足で恐る恐るさわってみるが、いかんとも出来ない。

マリリン・モンローの映画『お熱いのがお好き』というわけには到底いかない。

吾輩と「スカーレット・シナトラ」がチン熱で悪戦苦闘していると、亭主は「猫舌とはよく言ったものだ、猫にチンした魚をやると実に面白い」と、吾輩と「スカーレット・シナトラ」が苦労している様子を見て大口を開けて笑っている。母親の黒兵衛は用心深い性質で冷めるまでじっと待っている。

苦心惨憺、「フーテン遊民」に笑われながら、吾輩はなんとか小鯵三匹をやっつけた。「黒兵衛」は悠然と冷めた鯵を食べ始めた。

やがてなおちゃんとお兄ちゃんも起き、居間兼食堂に山川家の住人四人が集合した。

本日の朝食のメニューは、フランスパンにコーヒー、ベーコンエッグ、たっぷりの生野菜＝この生野菜はほとんど世田谷産で赤や黄色等のトマト、紫キャベツ、水前寺菜等である。水前寺菜は珍しい野菜で葉の表が緑で裏が紫になっている＝世田谷は昔から農業国なのでＪＡの直売場で様々な野菜を売っている、それも新鮮で安い。味付けはスペインのオリーブオイルに塩少々と酢で、いたってシンプルである。色のついた野菜はポリフェノールを含み体に良く発ガン予防効果があるという。特に紫色の野菜はアントシアニンという成分を含み人間の体には非常に良いらしい。唯一特筆すべきは野菜に加えて食後に食べるカスピ海ヨーグルトであろう。至極陳腐なメニューであるが、カスピ海ヨーグルトは奥様が薬局で特別に手に入れたもので、ヨーグルトの原種とも言うべきもの。効果は強力らしい。きわめて雑菌に強く十年間一度も雑菌で汚れたことはない。作り方はいたって簡単である。タネのヨーグルトを牛乳に入れるだけでよい。ヨーグルトは健康食品として注目されているが普通のヨーグルトに含まれているヴィフィズス菌はほとんど胃の中で死滅してしまう。しかしこのカスピ海ヨーグルトはヴィフィズス菌が腸まで届くので、腸内の状態を良くするようだ。奥様によると人間の免疫力の六割は腸にあり、腸を良くすれば快腸即ち快調になれると言う。しかし、ヨーグルトは猫の食い物ではない。因みに亭主が子供の頃は日本は戦後の極貧状態で、朝飯は外米か麦飯に大根の味噌汁と梅干しだけだったそうだ。高度経済成長のお蔭で日本人の食生活も随分贅沢になった。亭主が子供の頃はパンもバターも卵もベーコンも一切口に入らなかったと言っている。その頃の反動のせいか亭主はフランスパンにバターをたっぷりとのせ、その上に山ブドウのジャムを山盛りにした。この山ブドウのジャムは亭主が成城駅前のスーパー石井で買ったもので、どういう訳かジャムに執念を燃やす亭主は「アメリカやスイスのジャムは全然駄目だ。フランスのフォーションもスコットランドのジェームス・ケイラーも同様に駄目である。欧米のジャムはそもそも甘すぎる。この山ブドウは結構いける」と言いながらフランスパンにガブリと喰らいついた。食事マナーの悪いことはなはだしい。それにバターもジャムもつけ過ぎている。これもトドの如き体型となった一因と思われる。

亭主はフランスパンを一切れ平らげると、ＣＤを一枚取り出しプレーヤーのスイッチを入れた。今朝の音楽は、クライスラー小品集でヴァイオリン演奏はルーマニア生まれの女流ローラ・ボベスコである。クライスラーはヴァイオリンの帝王と呼ばれ演奏家として史上最高のヴァイオリニストと言われているが、同時にヴァイオリンの小品を百曲以上作曲している。このＣＤにはよく知られているウィーン奇想曲、美しきロスマリン、愛の喜び、愛の悲しみ等が入っている。ローラ・ボベスコはヴァイオリンの貴婦人と呼ばれている。金髪の美女で、まるで少女の如く楚々とした舞台姿は素晴らしく、そのエレガントで艶やかな音色は絶讃されている。「フーテン遊民」にヴァイオリンの貴婦人とは何とも滑稽な取り合わせであるが、この亭主は自称音楽評論家でもあるから仕方なかろう。

亭主は「ホロヴィッツなんてボロヴィッツだ。リヒテルもただの並で天才でも何でもない。中村紘子のピアノは話にならない。五島みどりのヴァイオリンはサーカスの曲芸みたいなものである。カラヤンもクラシックを一般大衆向けに低俗にしただけで芸術性は全然ない」と著名な音楽家を糞味噌に扱き下ろして悦に入っている。食通知ったかぶりならぬクラシック知ったかぶりもいいところだ。自称音楽評論家とはまことに厄介な人間である。

先日もさるインテリ風の紳士に対し「ジョコンダ・デ・ビィートとエドウィン・フィッシャーが共演したブラームスのヴァイオリンソナタ第一番と第三番を聞かずしてブラームスは

語れませんよ。デ・ヴィートとフィッシャーという組み合わせは技術的には欠点がありますが、その欠点を感じさせない程芸術的に秀れていましてね。今時の無味乾燥な技術至上主義のヴァイオリンと違って、デ・ヴィートの演奏は味わいが深いんですよ。特に第一番のソナタはブラームス自身の歌曲〝雨の歌〟の主題を借りているんで〝雨の歌〟と呼ばれていますが、いかにもブラームスらしい曲ですよ。ブラームスの内向的な性格をよく表したいぶし銀のような作品でしてね。なにしろブラームスのモットーは〝孤独に、しかし自由に〟でしたからね」と相も変わらず自称音楽評論家のクラシック知ったかぶりを存分に発揮していた。

ローラ・ボベスコのクライスラー小品集も終わり、食事も済むとなおちゃんは高校へ、試験休みのお兄ちゃんは宿題のレポート書きで烏山の図書館へ行った。

九時二十分奥様ご出勤、亭主の運転する車で世田谷区内の薬局へ向かった。車はトヨタの小型車で、亭主はゴミ出し係長の他、奥様の専属運転手も務めている。十時亭主帰宅。吾輩がいつものとおり縄張りである山川家の周囲をパトロールして戻ってみると、亭主は居間で中年の女性と話し込んでいる。その女性は佐藤澄子さんで、この家のご近所の方である。

話の内容は自称俳人の亭主が作った俳句についてである。佐藤澄子さんは本物の俳人で日本の俳句会の頂点に立つホトトギスの会員であるから、亭主の如き自称俳人ならぬ廃人とは全然異なる。自称俳人の亭主が作ったのは次の五句で、メモに五句を書いて亭主は、ホトトギスの会員に渡した。

その五句は次のとおりである。

第一句　初夢や　金も拾はず富士も見ず
第二句　琴の音のはたとやみけり　梅の宿
第三句　百日紅《サルスベリ》　浮き世は暑きものと知る
第四句　時鳥《ホトトギス》　あれに見ゆるが銀閣寺
第五句　名月や　杉に更けたる南禅寺

日本の俳句会の頂点に立つホトトギスの女流俳人は、亭主が作ったと称す俳句を真剣に考えていたが、やがて「山川さん、この五句は山川さんのオリジナルとしては出来すぎているわね。誰か有名な俳人の替え句か真似なんじゃないかしら」と言った。

「さすがはホトトギスの俳人ですね。まさにその通りですよ。では原作者と元の句は判りますか」と訊いた。

女流俳人は「えーと、そうね、全然見当がつかないわね。原作者はホトトギスと関係がある人なの」と訊いた。

「ええ勿論、ホトトギスと大いに関係のある人が作った俳句を少し変えてみただけです」

困惑した表情となったホトトギスの女流俳人は「ええと、難しいわね。お寺は沢山あるし、銀閣寺と南禅寺は多分違うでしょうね。しばらく時間を下さい。原作者と元の句を考えてみます」と答えた。

亭主は笑いながら「ええ、十分に考えて下さい。全部お判りになればたいしたものですよ」と答えた。吾輩が思うに「どうせ判りっこないだろう」と腹の中で考えているに違いない。本物の、しかもホトトギスの俳人をからかうとは、趣味の悪い自称俳人いな廃人である。佐藤澄子さんは五句のメモを手に取ると首をかしげて山川家を出て行った。

佐藤澄子さんと亭主とはご近所付き合いであるが俳句という共通の趣味があるので交流がある。因みに佐藤澄子さんのご主人の趣味は海釣りで先日は巨大な平目をいただいた。亭主と奥様は刺身にして食べ、実に美味かったらしい。吾輩達猫一家には平目は回ってこなかった。

女流俳人佐藤澄子さんが難しい宿題を抱えて帰ると、亭主は昼の弁当を買いに近くの魚久《ウオキュウ》という店に行った。魚久はもとは魚屋だったが、二～三年前から弁当を作り始めた。

魚屋の手作り弁当で評判も良く繁昌している。亭主が魚久に行っている間に、吾輩は亭主の作った五つの俳句を考えてみた。ホトトギスと大いに関係のある人と言えば当然、夏目漱石先生ということになる。漱石の句は多いものの一般にはあまり知られていない。俳句の専門家でホトトギスの会員と言えども漱石先生の句はまず知らないであろう。当然亭主の作った五句は全て漱石先生の俳句の替え句である。佐藤澄子さんにはおそらく元の句は判らないと思われる。吾輩が古い漱石の全集から調べたところ元の句は次の五句で、これは漱石先生の俳句に詳しい人しか判らないと思われる。

第一句　初夢や　金も拾はず死にもせず
　　　（この句はもう一つ原句がある）
　　　初夢や　金も拾はず糞も見ず
第二句　尺八のはたとやみけり　梅の門
第三句　百日紅　浮き世は熱きものと知りぬ
第四句　時鳥　あれに見ゆるが知恩院
第五句　名月や　杉に更けたる　東大寺

吾輩が亭主の作った夏目漱石の替え句から本物の句を見つけると、亭主は魚久から弁当を買って帰ってきた。

本日の弁当はお刺身弁当で天然ものの真鯛と鰤である。鯛や鰤の季節はすぎているが、

「フーテン遊民」に食わすにはもったいない。

吾輩達猫一家の昼食は、四本百円也のチクワと雪印の三角チーズ三個である。そのチクワもチーズも美味くはない。亭主は「おい、ブラームス、シナトラ、黒兵衛、昼飯だぞ」と言って庭の芝生にチクワとチーズを放り投げた。鯛か鰤を食べたいところだが、文句を言ってはいられない。

一方、亭主は塩辛で酒を飲み始めた。この塩辛は奥様の手作りで酒の肴には恰好らしい。酒はチンでぬる燗にした黒部峡である。この富山の銘酒は淡麗辛口、従って冷やで飲むべきで燗は外道になる。亭主は「ぬる燗で烏賊の塩辛も乙なもんだ。越乃寒梅も悪くはないがこの黒部峡はなかなかいける」と呟いた。「フーテン遊民」に日本酒の複雑微妙な味が分かるはずはないから、これもクラシック知ったかぶりの類いであろう。

黒部峡を猪口で三杯飲み干すと亭主は立ち上がって、メラニー・ホリデイの『ウィーン　わが夢のまち』というCDをかけた。このテキサス生まれのソプラノの名花は欧米よりもむしろ日本で絶大な人気がある。舞台を見た亭主によると、歌・踊り・演技と三拍子そろった上に飛び切りのブロンド美人でスタイルも抜群だそうだ。吾輩が聞いてみると素晴らしいソプラノで信じ難い高音までごく自然に歌いこなす。ソプラノと言えば、オペラのマリア・カラス、ドイツ歌曲の女王エリザベート・シュワルツコップ、ミュージカルのメリー・マーティンが有名であるが、メラニー・ホリデイの声はこの三人をはるかに凌駕している。舞台では勿論マイク無しで、東京オペラシティのニューイヤーコンサートに行った亭主によると、大ホールの一番後ろまで美しい高音が完璧に聞こえたそうだ。オペレッタの女王にして史上最高のソプラノという評価であるが、CDを聞くだけでも吾輩にも頷ける。

メラニー・ホリデイの歌を聞くと、テレビに出てくる日本の女性歌手は全員全くのクズとしか思えない。亭主は今度はビールを飲み始めた。この『ウィーン　わが夢のまち』には、前半がオペレッタ、後半にミュージカルの名曲やアメリカのポピュラーソングが入っている。つまりドイツ語と英語を自在に歌っている。作曲家もヨハン・シュトラウス二世、スッペ、レハール、カールマンからリチャード・ロジャース、フレデリック・ロー、さらにコール・ポーター、ジョージ・ガーシュインというレパートリーの広さもメラニー・ホリデイの魅力であろう。このCDには入っていないが、イタリア語やフランス語の歌も唄うというから信じ難い才能である。

吾輩も初めてメラニー・ホリデイの歌声を聞いたが、あまりの素晴らしさに驚くと同時に日本の女性歌手のみならず、サントリーホールで歌っている外国のオペラやオペレッタの歌手がいかに駄目であるかをあらためて思い知った。天才とはかくの如しで、発声法、声の質、高音それもソプラノの最高の音域まで自然に声が出るのには大いに感銘を受けた。テレビで放送しているカラオケの点取り競争で優勝したというのは全くのナンセンスとしか考えられない。もっともただのお笑い番組であるから、これもまた仕方ないのであろうか。

メラニー・ホリデイとは全然歌のジャンルが違うが、あえて比較すれば日本の藤山一郎さんの声は似たところがある。藤山さんも天才でテノールの低いところから高い音域まで自在にしかも自然に発声出来るという点ではソプラノのメラニー・ホリデイと共通している。勿論ドイツ語や英語の歌と日本の歌謡曲では全然異なるが、歌という点では同じである。

自称音楽評論家の亭主はどう思っているのか吾輩には不明だが、亭主は藤山一郎さんのCDも持っている。亭主はフランク・シナトラも好きでよくCDをかけるが、シナトラは大歌手ではあるが音域はバリトンでソプラノやテノールとは比較出来ない。

ミュージカル『キャッツ』の『メモリー』を最後にメラニー・ホリデイの歌は終わった。亭主はお刺身弁当に満腹しビールを二本飲むと、いつもの如く昼寝の為二階へ姿を消した。

吾輩も犬小屋で一時間程昼寝すると、亭主の女友達が来て居間で話を始めた。その声で吾輩は目が覚めた。この池田麗子という独身の中年女は俳人ではなく、明治時代の高名な科学者で味の素の発明者池田菊苗博士の孫である。なにかと言うと〝私の祖父は夏目漱石の友人であったし、味の素が今日あるのは祖父の発明によるものよ〟と自分が偉い人の孫であることを強調する癖がある。偉い人の孫は世間にいくらでもいるであろうし、池田女史と夏目漱石は何の関係もない。良く言えば欧米流で自己主張が強い。この女史には奥ゆかしさが、ちと欠けている。見たところ亭主よりかなり歳上である。亭主がその昔日本橋の銀行で働いていた時の上司だそうである。その因縁で二人は今も付き合っている。池田女史は亭主のことを「とおるさん」とまるで弟のように呼んでいる。亭主の方も池田女史を「麗子《レイコ》さん」と呼んでいる。まるで姉と弟といった関係で、どうも男と女の関係ではないらしく、奥様も黙認している。一カ月前も二人で箱根へ楽しそうにドライブに行って来た。

池田女史は世間でも名の知られた名門女子大学英文科卒の才媛である。その上池田女史の一族の男性は全員東大卒か京大卒である。プライドの高いのも頷ける。

ところが世にも口の悪い「フーテン遊民」の亭主は陰で池田女史の大学を月並女子大学猥褻文学科と呼んでいる。かの名門女子大学の学門教育水準が亭主の言うように月並みかどうかは吾輩ブラームスには判らない。月並みはともかく英文学専攻の女史は自分が猥褻文学科卒と呼ばれているとは夢にも思っていない。

猥褻と言うのは、亭主が唯一英文学で読んだ本が『チャタレイ夫人の恋人』だったからである。勿論亭主が読んだのは原書ではなく日本語版で昭和の文豪伊藤整氏より貰ったと言っている。伊藤整氏はその昔、この山川家の隣人であった。そんな関係で亭主は子供の頃、伊藤整氏より山川家に贈られてきた『チャタレイ夫人の恋人』を両親に内緒で読み耽っていたらしい。

シェイクスピアも読んでいない亭主は「英文学とは猥褻文学と見つけたり　はじめに猥褻あり　猥褻は神と共にあり　猥褻は神なり」とどこで聞いてきたのか、新約聖書ヨハネ福音書の冒頭の言葉をもじった台詞を得意満面で吐いている。敬虔なクリスチャンが聞けば卒倒しかねない。およそ非常識なこの亭主は外国文学の素養が全く無い。仏文学をフランス文学ではなく仏教文学だと勘違いしたほどである。これではスタンダールやモーパッサンも南無阿弥陀仏の類いになるし、ノーベル賞作家の大江健三郎氏も仏教文学を学んだことになる。さらにはハムレットの作者はトルストイだと言うに至っては話にならない。吾輩が居間のガラス戸越しにのぞくと、池田女史の本日のファッションは、ピンクのブラウスに薄いブルーのジーパンというなんとも陳腐ないでたちで、これこそ正に月並みのお手本である。そのジーパンは大きなお尻の割れ目にピッタリとくい込んでいる。ヒップラインは丸見えである。この年代の女にしては足は長い方であるが、いまさらジーパンでもあるまい。ヒップラインをことさら強調しているところを見ると、お尻の形には余程自信があるらしい。吾輩が池田女史のお尻の形をよくよく観察してみると、ただの大きな肉の塊で女性的魅力は全然無い。想像をたくましくすれば、あの巨大なるお尻の中心の穴から放出されるであろうオナラは臭みが相当強そうだ。上半身に目を移すとピンクのブラウスが老けた顔のシワを一段と際立たせている。これでは逆効果であろう。それにブラウスの下のバストもかなりなたるみようだ。もしヌードになったら見るに堪えない最悪のヌードと確信出来る。吾輩が池田女史のヌードを想像していると、そうとも知らない池田麗子は亭主の出したコーヒーを飲むと、やおらベランダと庭を眺めて吾輩ブラームスを見付けた。

「とおるさん、いつから犬を飼ってるの」

「麗子さん、よく見て下さい。あの動物は犬小屋に住んでいますが、犬ではなく猫なんですよ。名前は『マーガレット・ミッチェル・ブラームス』です」

「犬にしてはブチなんで、どおりで変だと思った」

吾輩が思うに猫を犬だと思う方が余程頭が変なのである。

「その名前は、とおるさんが付けたの」

「ブチなのでブチの〝ブ〟をとって『ブラームス』、それにメス猫なので『マーガレット・ミッチェル・ブラームス』としました」

「とおるさんも余程変な人ね。猫に『マーガレット・ミッチェル・ブラームス』なんて名前を付ける人なんていないわよ。『マーガレット・ミッチェル』って『風と共に去りぬ』の作者じゃないの。作曲家の『ブラームス』とは全然関係ないでしょう」

「オスなら『ヨハネス・ブラームス』とするつもりでしたがね、あいにくメス猫なので『マーガレット・ミッチェル・ブラームス』としたんですよ」

「変な話ね、とおるさんらしいけれど。銀行ではいつも何とかの何とかの間の紙一重の一重がとれちゃった人間が、とおるさんだって言われていたけれど。猫の名前で『マーガレット・ミッチェル・ブラームス』なんて日本中どころか世界中一匹もいないと思うわ」

どうやら池田女史は吾輩の名前が気に入らないようである。このオールドミスの顔はどことなくお犬様に似ている。気位の高い名家の出身だけあって、何か気に障ることがあるとキャン、キャンとヒステリックに騒ぐので、犬の中でもさしずめスピッツといったところである。池田女史は吾輩を全く無視するようにふいと視線をそらし、例によって先祖の自慢話を始めた。

「とおるさん、今祖父について本を書こうと思っていろいろ調べているのよ。夏目漱石がロンドンでノイローゼになった時、祖父が漱石を訪ねていった話を知ってるかしら」

「知りませんね。私は文学には弱いんでね。漱石と言えば中学の時『吾輩は猫である』を読んだだけですから」

「あーら、猫しか読んだことないの、『坊っちゃん』と『草枕』くらいは読んだでしょう」

「あっ、そうそう国語の宿題で『坊っちゃん』は少し読みましたよ。赤シャツっていう教師がいましたよね」

「『草枕』は読まなかったの」

「そう言えば中学の時国語の授業でやりましたか。あれはたしか〝おい、と声を掛けたが返事がない〟って奴でしょう」

「そこしか読んでないの、しょうのない人ね。日本人だったら夏目漱石ぐらい読みなさいよ。晩年の作品はつまらないけれど『三四郎』や『虞美人草』は面白いわよ」

「三四郎って姿三四郎のことですか」

「いやあねぇ。とおるさん、姿三四郎じゃないわよ。小川三四郎で漱石の『三四郎』って言えば日本の青春小説の代表作で有名よ。本郷の東大のキャンパスの中に三四郎池っていうのがあるのよ」

「東大の三四郎池ですって、どんな池ですか」

「安田講堂の横に森があってね。大木が茂っていてちょっとした秘境ね。その中の下に池があるのよ。本当は心字池って言うんだけれど小説の中で三四郎がよく散歩したんで三四郎池って呼ばれているのよ。東大の本郷キャンパスはもともと加賀百万石前田家の江戸屋敷だったそうよ」

「へえーっ、全然知らなかったですね。それで『三四郎』はどんな小説ですか」

「恋愛小説よ。三四郎は東大の学生で九州の田舎から東大に来たのよ。ヒロインは美禰子っていう女性で、三四郎と美禰子の関係はプラトニック・ラブなのよ」

「何ですか、そのプラトニック・ラブって言うのは」

「いやあねぇ、とおるさん、プラトニック・ラブってよく使うわよ。精神的な恋愛ってことよ」

「ふーん、成る程、精神的恋愛ってことですか」

「そうよ。明治の学生は真面目で純潔だったのよ。今時の学生なんて完全に堕落しているわよ。考えることは遊びとセックスだけなんだから。私の友人の英文学の教授が言ってたけれど、大学はレジャーランドどころか幼稚園なんですって。学生は授業中に当然のようにハンバーガーを食べているそうよ。その教授の話では分数の計算も出来ない学生がクラスの七割くらいいるんですって」

「へえーっ、授業中にハンバーガーですか。分数の計算も出来ないようじゃ小学生以下ですね。幼稚園と同じってことですか」

「文部省は一体何をやってきたのかしらね。学生だけじゃないわよ。近頃は日本全体が駄目になっちゃったようね。国会も内閣も警察も官庁も。このままじゃアメリカと同じで没落するばっかりよ。もう没落しちゃったという人も多いわね」

「日本人が劣化したことは事実ですね。とにかくアメリカの二の舞はご免ですね。あの国はビル・ゲイツのような大富豪もいますが国民の五割は極貧で文盲だって誰かが言ってましたが」

「そうよ、ただの貧乏国よ。私この前シカゴに行ってきたんだけど分数の計算どころか引き算も出来ないのよ。読み書きが満足に出来るのはミドルクラスの上以上の人間だけよ。それに殺人なんて日常茶飯事で犯人はほとんど捕まらないのよ。それに警察がたいした犯罪でもないのに相手が黒人だと平気で銃で撃ち殺しちゃうのよ。そもそも誰もがライフルやピストルを持っているなんて近代法治国家じゃないわよ。未だにアル・カポネの国よ。それに街は信じ難いほど汚いし、ホームレスはゴロゴロいるし、それはひどい国なの」

「へえーっ、アメリカは貧乏なアル・カポネの国ですか。でもロシアよりはいいんでしょう」

「当たり前よ。ロシアなんて話にならないわよ。私の友人でロシア文学の研究をしている人が二年前にモスクワに行ったんだけど寒いなんてものじゃないんですって。だから体を暖める為にウォッカを飲むそうよ。ウォッカでアル中になる人が多いって言ってたわ」

「ウォッカを飲んで『白鳥の湖』を見るわけですか」

「バレエだけは素晴らしいんですって。でも食べ物はジャガ芋以外は満足にないし、あってもひどく高くて手に入らないそうよ。芸術や文化どころの生活レベルじゃないって言ってたわ」

「へえーっ、ジャガ芋とバレエの国ですか、チャイコフスキーの国にしてはお粗末ですね。でもアフガニスタンやルワンダよりはましでしょう。ええとそれで三四郎は美禰子とプラトニック・ラブってのをしたんですね」

「そうよ。その美禰子なんだけれど、実はある人をモデルにしてるの」

「へえーっ、誰ですか、そのある人は」

「それが意外な人なのよ」

「漱石の学生時代の恋人ですか」

「全然違うの。私も最近知ったんだけれど、有名な人であっと驚いちゃったわよ」

「へえーっ、有名人ね。私が知っている人ですか」

「ええそうよ。とおるさんも知っているわよ。歴史の教科書に出てくる女よ」

「いやに勿体ぶっていますね。教えて下さいよ」

「平塚らいてうよ。驚いたでしょう」

「へえーっ、信じられませんね。あの〝原始女性は太陽であった〟なんて言った女でしょう」

「そうなのよ。私も信じられないけれど。漱石の弟子で森田草平って人がいてね、その人と平塚らいてうが大恋愛をして雪の塩原峠で心中未遂事件を起こしたのよ」

「へえーっ、さすがは、らいてう先生ですね。やることがすごいなあ。雪の塩原峠で心中未遂ですって」

「平塚らいてうは美人で魅力的だったのよ。森田草平はその事件を『煤煙』っていう小説にしたのよ」

「小説家と女性運動家の駆け落ち心中未遂ですか、マスコミの恰好の話題ですね。今ならテレビのワイドショーに取り上げられますね」

「そうなのよ、今ならともかく明治の話でしょう。大変な騒ぎになったのよ」

「その事件と『三四郎』のヒロイン美禰子とはどうつながるんですか」

「漱石は森田草平から平塚らいてうのことを聞いたのよ。それで単に男を誘惑する魅力的な女性ということで三四郎の恋人美禰子のイメージを作ったって言われているわ。だから美禰子は平塚らいてうをモデルにしているけれど全然違う女性になっているのよ。漱石は平塚らいてうを女性運動家としてではなく、ただの女として扱ったのよ」

「へえーっ、平塚らいてうがただの女ですか。夏目漱石に平塚らいてうって奇妙な組み合わせですね。小説なんて変なものですね。私には文学ってのはさっぱり分かりませんが」

「とおるさんもたまには小説を読みなさいよ。読書って習慣よ。本が嫌なら取り敢えず文学散歩から始めたらどうかしら。三四郎池もいいんだけれど本郷の周りは散歩すると面白いわよ。湯島天神や西片の住宅街もあるし、友達が東大の裏の弥生町にいるんでよく遊びに行くけど、古本屋巡りも楽しいわよ。ルオーって喫茶店があって、そこのカレーライスは名物なのよ。ぶらぶら歩いてルオーでカレーとコーヒーってコースもいいわね」

「文学散歩にカレーライスですか。どうも私の趣味じゃありませんね」

「それでは旅行はどうかしら。とおるさんもゴロゴロしてばかりいないで、たまには旅に出てみなさいよ。私この前高遠の桜を見てきたのよ。〝東の高遠西の吉野〟って呼ばれているけれど日本一の桜はやはり高遠だわ。丁度満開の時で素晴らしかったわ。なかなか満開の時には当たらないのよ。私はようやく三回目で満開の桜を見ることが出来たので本当に良かったわ。花片が綺麗なピンクで普通の桜とは全然違うのよ。それに絵島が江戸から流されて住んでいた家も見てきたしね。粗末な木造だけど保存されているのよ」

「高遠ってどこですか。岩手県ですか。それに絵島っていうのも知りませんが」

「いやあねぇ、とおるさん、高遠は長野県よ。岩手県なんて言う人はいないわよ。絵島は将軍家大奥にいたんだけれど、歌舞伎役者の生島と姦通した疑いで、江戸から高遠に流されたのよ。島流しじゃなくて、陸流しみたいなものね。絵島生島事件って有名よ。日本史の勉強でもしなさいよ。江戸時代は女性が姦通すると斬首刑と決まっていたのよ。今は不倫なんて言ってるけれど江戸時代は打ち首だったのよ。絵島の場合は徳川家大奥にいたんで、なんとか斬首にならず陸流しになったのよ。その絵島が高遠に流されて住んでいた粗末な木造住宅が残っていて今回見て来たのよ。高遠の冬は氷点下十五度で絵島はその家にとじ込められて、食事は朝晩二回、一汁一菜だったそうよ。絵島は三十過ぎで高遠に流されて江戸に帰ることなく極寒の地で五十歳ちょっとで死んだんですって。無念だったでしょうね」

「うーん、まあ江戸時代の話ですからね。打ち首になるよりは良かったでしょう。そうすると高遠は絵島と桜で有名なんですか」

「とおるさん、それだけじゃないのよ。〝北の松代南の高遠〟って言葉があるでしょう」

「何ですかそれは、全然分かりませんが」

「しょうのない人ね。松代も高遠も信州なのよ。松代が北で高遠が南なんでそう言われているのよ」

「それがどうかしたんですか」

「日本の教育の原点は信州にあるのよ。その中心地が松代と高遠ってわけなの。日本の教育は今全然駄目になったけれど、江戸時代の教育水準は世界的に見てもきわめて高かったのよ」

「へえーっ、驚きましたね。近頃は円周率を三で計算するそうですよ」

「〝ゆとり教育〟だなんて馬鹿なことを文部省がするからこんなこと、即ち大学生で分数の計算が出来ないってことになったのよ。高遠ではあの極寒の地でも月曜から土曜まで毎日八時から四時まで勉強したそうよ。少しは江戸時代のことも文部省のお馬鹿さんは考えるべきだわ」

「へえーっ、そんなに勉強したんですか。今の学習塾どころではありませんね。あっ、そうそう夏目漱石と麗子さんのおじいさんはどうなったんですか」

「夏目漱石はロンドンでノイローゼになったのよ」

「えっ、どうしてですか」

「漱石は松山で中学の教師をして、それから五高の教授になってね」

「なんですかゴコウというのは」

「とおるさんも何も知らない人ね。昔は一高とか三高とかあったでしょう。五高は熊本で第五高等学校のことよ」

「成る程、第五高等学校のことですか」

「私の父は三高から東大だけれど、漱石は五高から文部省の命令でイギリスのロンドンに留学したのよ。私の祖父は化学だったからドイツに留学したけれど、漱石は英文学だったからロンドンに留学したのよ。ところが漱石は英文科卒だったけれど英会話は苦手だったらしいの。一説によると、ロンドン特有の方言があって分からなかったそうだけれど、とにかく英会話が上《ウ》手《マ》く出来なくて下宿のおばさんにひどく馬鹿にされたらしいわ。そのおばさんに〝お前さんトンネルって字を書けるのか〟と訊かれてプライドを傷つけられて、ひどいノイローゼになったのよ。それで文部省が心配してドイツにいた私の祖父にロンドンに行って漱石の様子を見てきてほしいという依頼があったようなの」

「ええーっ、それは本当ですか。文豪の夏目漱石が英会話が苦手で、下宿のおばさんにそんなことを訊かれたんですか」

「祖父はしばらくロンドンに居て漱石とはすっかり意気投合したのよ。漱石は祖父のお蔭でひどいノイローゼから立ち直ったんですって」

「へえーっ、それでは麗子さんのおじいさんは夏目漱石の恩人ってわけですね」

「まあそんなところね。祖父がロンドンに行かなかったら漱石はテムズ川に飛び込んで自殺してたかもしれないわね」

池田女史はまるで自分が夏目漱石の命の恩人でもあるかの如く得意気な表情である。あの世の漱石先生も、まさか月並女子大学で猥褻文学を学んだ池田女史にこんな話をされるとは思っていないであろう。亭主はさすがに池田女史の先祖だけあってたいしたものだと感心した顔をしているが、本心はそうでもないらしい。吾輩が観察するに〝たいしたもんだよ池田の小便見上げたもんだよ麗子の褌〟と腹の中でチラリと舌を出しているに違いない。

「麗子さん、明治の文豪と言えば夏目漱石ですが、昭和の文豪伊藤整を知っていますか」

「伊藤整は勿論知っているわよ。あのいやらしい『チャタレイ夫人の恋人』を訳した人でしょう。『女性に関する十二章』も伊藤整じゃないの」

「ええ、その伊藤整なんですが、この家のすぐ隣に住んでいたんですよ」

「ええーっ、とおるさんの家の隣が伊藤整ですって。いつ頃の話なの」

「戦時中なんですが二年程隣にいたんですよ。うちのお袋がよく伊藤家に出入りしてましてね。夕食を伊藤夫人・貞子さんとお袋が一緒に作ったんですよ。共同で炊事した方が燃料代の節約になりますからね。夕食っていったってスイトンとか薩摩芋を蒸す程度だったようですが」

「戦時中はそんなものよ。戦後もひどかったのよ。私今でもよく覚えているけれど、昭和二十五年頃だったかしら、父の友人の家に招待されたんだけれど、その家は鎌倉の高級住宅街にある立派な邸宅なのよ。ところが出てきた昼食がお芋だけなの。それもただ煮て潰しただけで砂糖も使っていないの。なんか妙な味がしたけれど変な甘味料を入れたんじゃないかしら。上品な奥さんだったけれど、モンペを穿いていたわ」

「戦後の食糧難もひどかったですからね。大邸宅の住人でもそんなものでしょう。うちのお袋は芋の蔓まで食べてましたよ。芋はともかく芋の蔓はまずいそうですよ。私は芋の蔓は食べなかったんですが、アメリカさんからパンの耳を貰って食べてましたよ。お袋の親戚で米軍のコックをしていた人がいまして、アメリカ人は食パンの耳は食べないんで、それを分けてもらったんです。こんな美味いものをアメリカ人は食べないのかと不思議に思いましたが」

「えーっ、とおるさんはアメリカ人の食べないパンの耳、つまり残飯を食べてたっていうわけ」

「残飯が美味かったですよ」

「えーっ、私は食べたことないわ。外米は食べなかったの」

「外米と麦飯は長い間食べましたよ。まずかったのでよく覚えています」

「あの時代はまずいなんて言っていられなかったわ」

「そう言えば小学校の給食は六年間コッペパンにスキムミルクでしたね。私はスキムミルクが好きだったんですが、コッペパンは美味くなかったですね。それにバターもジャムも勿論無しでしたから」

「とおるさんはまだいい方よ。私なんか戦中・戦後の食糧難が一番ひどかった時に育ったから損しちゃったわよ。今の若い人はグルメだなんて贅沢すぎると思うわ」

「私も同感ですね。伊藤整だってたいしたものは食べていなかったんですから」

「伊藤整の家ってまだあるの」

「伊藤家の引っ越し後もしばらくあったんですが、昭和四十年頃取り壊されましたね。あの家は昔の木造住宅で伊藤夫人によると安普請だそうです。家が出来上がった時貞子夫人が〝柱は節だらけね〟って言ったので整氏は真っ赤になって怒ったそうです。伊藤整は出版社からかなり借金して家を建てたんだそうです。ところが貞子夫人はそんなことも知らずに、平気で〝柱は節だらけね〟なんて言ったんで伊藤整氏は真っ赤になって怒ったんですよ。これは私が直接伊藤夫人から聞いた話でしてね、伊藤家と我が家は長い付き合いなんです」

「へーえ、驚いたわね、伊藤整でもそんなものなの」

「ええ、伊藤整は最初は詩人だったんですが、売れなくて苦労したそうです。謹厳なあの顔で『チャタレイ夫人の恋人』を訳したんですから不本意だったかもしれませんね。でも一躍有名になりお金が入ってきたんで大邸宅を造ったんですよ。安普請でない家が念願だったんですよ」

「その大邸宅ってどこにあるの」

「井の頭線の久我山駅の近くなんです。応接間がいくつもあって新聞記者が大勢来ても大丈夫になってましてね、私が一番驚いたのは二階の書斎のそばのトイレでしてね、とにかく広くて豪華なんです。便器に座ると丁度目の前に本棚があって、そこに革綴じの本がありましてね」

「さすがは文豪ね、トイレに文学全集ってわけかしら。もしかしたらシェイクスピアじゃないの」

「何の本か忘れましたがね、本だけではないんです。ウイスキーも置いてありまして、スコッチのオールドパーでしたか、飲む為のコップもあるんです」

「ええっ、何なのそれ、トイレにスコッチウイスキーですって」

「トイレに本とスコッチですから感心しましたよ。文豪になると用を足しながらスコッチを飲んで本を読むんですから風流なものですね。我が家のトイレと全然違うんでカルチャー・ショックを受けましたが」

「変な話ね、伊藤整は文豪かもしれないけれど『チャタレイ夫人の恋人』なんて私は嫌いよ。あれは文学ではなく、ただの猥褻よ。裁判所で有罪になったんでしょう」

「そうです、最高裁で有罪判決が出たんです。そもそも裁判所で小説が猥褻かどうか争うなんて文化程度が低すぎますよ。家永三郎さんって知ってますか。もう亡くなられましたが」

「あの教科書裁判で有名な先生でしょう」

「ええ、そうです。家永先生によると『チャタレイ夫人の恋人』なんてたいして猥褻じゃないそうですよ。もっと猥褻なものはいくらでもあるそうでして、あんな程度の小説を猥褻だと言って有罪にした裁判官は世間知らずで頭が完全に狂っているって言って怒ってましたよ。家永先生によると最高裁判所じゃなくて最低裁判所だそうですよ。もっとも今でも最低裁判所であることには変わりませんが」

「最低裁判所かどうか知らないけれど、私は当然だと思うわ」

「あの時代ですからね。今では考えられませんが、いやらしい小説で思い出しましたが、以前日経新聞に連載された『失楽園』も相当なものですね。随分露骨な描写が多いですよ。『チャタレイ夫人の恋人』なんて問題外ですよ。麗子さんは『失楽園』を読みましたか。なかなか面白かったですよ」

「読んでないわよ。よく話には聞くけれど、渡辺淳一って作家じゃないの」

「そうです。もともと医者なんで女性の肉体構造には詳しいんでして、平成の文豪と言われましたが、もう死去しましたね。でも不倫とヘア・ヌードは現代の流行でしてね、今では江戸時代と違って女性の不倫は打ち首にはなりませんからね。ところで麗子さんはヘア・ヌードについてどう思いますか」

「そんな品の無いものは見たくもないわよ」

「一口にヘア・ヌードと言っても十人十色でしてね。大別すると、ヘアーがモシャモシャしているのとサッパリしているのがあるんです。適度に茂っていて鑑賞に値するのは稀でしてね。お金を貰っても見たくないヘア・ヌードもありますから」

「とおるさん、いやらしいわね。いい歳をしてそんなもの見るなんてどうかしてるわよ。奥さんに言いつけてやるから。全く気が知れない人だわね」と池田女史は呆れ顔である。

文学論から話がヘア・ヌードに変わると亭主はすっかり調子に乗って「最近は熟女ヌードも流行ってますよ。麗子さんもこの際思い切って挑戦してみませんか。名門インテリ熟女の初ヌードで売れると思いますが。一度カメラの前で全部脱いでパーッと見せちゃえば恥ずかしくないそうですよ。この前箱根に行ったから今度は西伊豆でヌード撮影ドライブっていうのはどうですか。土肥あたりのどこか人のいない伊豆の海岸で富士をバックにしたら最高ですよ。私が麗子さんのヘア・ヌードを撮影しますよ」

「とおるさん、私のヌード撮影だなんて絶対に言わないで。そんな下品な話は二度と聞きたくないわ。熟女ヌードだのって写真集を買って見る男なんて最低よ」池田女史が紅潮した顔から大声を発するところはかなりの見ものでなかなか面白い。趣味の悪い「フーテン遊民」の亭主は、池田女史の真っ赤に怒った顔を見て愉しんでいる。吾輩が思うにヘア・ヌードが嫌いな男はまずいないであろう。オールドミスの僻みというものだ。さらに調子に乗った亭主は「麗子さん、私が是非見たいのは夏目雅子のヘア・ヌードですよ。絶対に見たくないのは土井たか子ですかね。もっとも二人共死にましたが」

「とおるさん、やめなさいよ。いつもそんなことしか考えてないの。そういう人を助兵衛って言うのよ」

「へえーっ、助兵衛ですか、〝ブラームス〟の母親は黒猫なので黒兵衛という名前ですが」

「黒兵衛は猫の名前でしょう。とおるさんは黒兵衛じゃなくて助兵衛なのよ。私もう帰るわよ、こんなひどい助兵衛と付き合っていられないわ」

まるで茹で蛸の如き顔となった池田女史は玄関を駆け抜けると白のＢＭＷに飛び乗り、思い切りエンジンをふかして山川家を去って行った。

亭主はしてやったりとニコニコ顔である。吾輩が思うに池田女史が伊豆の海岸で富士をバックにブラもパンティも脱いでオール・ヌードなるところは到底絵にならないし想像するだけでもゾクッと寒気がする。とにかく美しくないであろうし麗子という名前に反して麗しくないことは間違いない。

亭主は池田女史の白いＢＭＷを見送ると、「真っ赤な顔の女が白い車に乗って行った。赤と白即ち紅白だからお目出度いことである」と言い、

〝伊豆の海　全裸の麗子見苦しき〟

と俳句の如きものを口走った。さらに例により「フーテンの寅さん」を真似して、

〝たいしたものだよ素っ裸の麗子　見上げたもんだよ富士の白雪〟

と能天気なことを道路で泰然たる顔で声を発した。

吾輩「ブラームス」はただただ唖然とするばかりである。池田女史の耳に入らなかったからいいものの、もし耳に入ったら怒って真っ赤になるくらいではすまないであろう。「フーテン遊民」とは、かくも呆れ返った人間なのである。

第三章
没落した日本国　嗚呼　悲しからずや

時の過ぎるのは早いもので、正に光陰矢の如し、歳月猫を待たずである。

暑く長い夏もようやく去り秋の冷風が吹くようになった。自称俳人の亭主はさらに自称歌人となって短歌まで作った。その短歌は、

〝秋風の庭にて猫に餌をやる　わが袖に散る黄金の落葉〟

なる代物である。どうやらこの短歌は百人一首の中の、

〝君がため春の野に出でて若菜つむ　わが衣手に雪は降りつつ〟

という有名な和歌のパロディと思われる。さらに亭主の短歌の中の猫は、当然ながら吾輩「マーガレット・ミッチェル・ブラームス」であろう。

やがて秋の冷風は木枯らしに変わりジングルベルの音楽と共にチトカラは冬景色に変わった。例年になく雪の多い冬で、亭主によると昔はよくチトカラでも雪は降ったそうだが、近年はほとんど雪はなく雨が多いそうだ。能天気な「フーテン」の亭主は〝雪が降るあなたは来ない。ラララララララ〟などと越路吹雪の歌を口遊んでいる。「フーテン」がコーちゃんの歌を唄うとはふざけている。雪が多いのも地球温暖化によるものであろうか。温暖化すれば水蒸気が大量に海から発生するから温度が下がれば雪となるのは当然である。

天気予報によれば北極の寒気が南下するという異常気象で日本は今年雪が多いという説明であった。しかし吾輩が思うに寒気が南下しても寒いだけで水蒸気が無ければ雪は降らないはずである。やはり雪が多いのは雨と同様、地球温暖化が根本的原因で、それは即ち社長の巨大なるベンツやジェット機の排出する炭酸ガスが増えたからに他ならない。国際化とはジェット機の飛行が大幅に増えることで、ジェット機は社長のベンツよりさらに大量の炭酸ガスを排出している。

自称俳人の亭主は雪の俳句を作った。

第一句　雪降りて　紅梅一つ門の横

第二句　雪の朝　色艶やかにシクラメン

第三句　水仙の花美しき　雪の庭

確かに紅梅も鉢植えの紅と白のしぼりのシクラメン、水仙までも雪の降る中で門の横と庭に咲いている。しかし「フーテン遊民」で自称俳人の作った三句は全て月並みの最たるもので英文科卒の池田麗子のファッションと同じ、即ち三句共に全くの駄作である。雪の句としては高名な中村草田男先生の〝降る雪や　明治は遠くなりにけり〟という名句があるが、その足元にも及ばない。亭主は〝雪降りて　昭和のことぞ偲ばるる〟という句も作ったようだが、この句ではすぐに草田男先生の〝降る雪や　明治は遠くなりにけり〟のパロディとバレてしまうのでやめたようだ。この亭主の高校時代の国語の教師が何と中村草田男先生だったというから吾輩「ブラームス」も驚いた。草田男先生の娘弓子さんは同じ成蹊高校の先輩だそうだから、さらにビックリである。その中村弓子氏の著書『わが父草田男』を確かに亭主は持っている。

中村草田男先生は初めこの有名な句を〝雪降りて　明治は遠くなりにけり〟としたそうだが、どうしても満足出来ず三年間悩み抜いた末に、〝雪降りて〟を〝降る雪や〟に変えたそうである。意味は全く同じであるが確かに〝降る雪や〟の方が格段に秀れている。この句は昭和の初めに作ったそうだが、草田男先生は〝降る雪や〟とすると〝や〟が入るので好ましくないと考えたらしい。俳人は一般的に〝や〟や〝かな〟を使いたがらないとホトトギスの佐藤澄子さんも言っていた。しかし〝雪降りて　明治は遠くなりにけり〟よりも〝降る雪や　明治は遠くなりにけり〟の方がはるかに心に染みる秀れた句と吾輩「ブラームス」は考える。俳句という五・七・五の十七文字の世界で最も短い詩は日本語の特性と日本の四季の変化を十二分に生かした素晴らしい詩であるが、名句を作るのはなかなか難しいようだ。〝降る雪や〟にするか〝雪降りて〟にするかで中村草田男先生は何と三年間毎日毎日悩み抜いたという話もなんとなく吾輩には理解出来る。もっとも自称俳人の「フーテン遊民」である亭主にはこんな話は無関係であろう。

雪の冬が終わると桜の咲く春が巡って来た。この家の門の両側には天然の山桜がある。色は左が白に近く右がやや赤味を帯びている。四月中旬頃どちらも満開になる。通常の桜よりこの家の山桜はかなり遅く咲くという特徴があるようだ。山桜が散り花吹雪となると、すぐに初夏の候となる。初夏のある日の午後、山川家に男の客がやって来た。この男は某有名私立大学文学部国文科の教授で加賀谷林之助《カガタニリンノスケ》という古典的な名前の持ち主である。

吾輩が教授殿の頭の毛の量と白さから推察すると歳は亭主より上であろう。何故に「フーテン遊民」と有名私立大学の教授が長年付き合っているのか不明であるが、二人共風変わりという点ではやや似ており、なぜか気が合うようだ。さらに二人はご近所ではないが、ここチトカラに住んでいるという共通点もある。

加賀谷先生は夏近しというのに、くたびれた冬物と思われる紺の背広を着ている。ネクタイは、ぼやけて色もさだかではない水玉模様らしき代物でYシャツは勿論白である。今時白のYシャツは珍しいが、大学教授たるものYシャツもパンツも白でなければならないのであろうか。しかし白のYシャツとは言え、若干黄色いシミが目に付く。どうやらビールでもこぼしたのではないか。大学教授という人種はファッションの感覚に乏しいというのが吾輩の見立てである。お洒落なベンツの社長とは天と地ほどの差があるところが面白い。猫の毛並みもブチありトラあり三毛あり、さらに白、黒、茶と様々であるが、人間の顔もファッションも性格も十人十色、百人百様である。加賀谷先生は居間に入り椅子に座ると苦り切った顔で亭主に対し開口一番「今時の学生ときたらどうにもなりません。基礎学力が全然無いんで授業になりませんよ」と言い切った。亭主は「大学生の学力低下は以前から新聞その他でいろいろと知っていますが、実際のところ、先生の全国的に有名な私立大学ではどんな状態ですか」と訊いた。

「最近のことですがね、こんな出鱈目なレポートがありましたよ。〝百年火星〟火の星と書いてあるんですが、〝火星を待つが如し〟というんですがね。勿論〝百年河清を待つ〟の間違いですよ」

「それは傑作ですね。火星は地球に接近することもありますから全く無い話ではありませんが、それにしても河清を火星にするとはひどい話ですね」

「〝百年火星を待つ〟は、ほんの一例でしてね、ひどいのが沢山ありますよ。これは世界史というよりアメリカ史の分野ですが〝リンカーンは南北に分断されたアメリカを統一してアメリカ合衆国の初代大統領になった〟なんてのもありましたよ」

「それは無茶苦茶ですね。アメリカの初代大統領はワシントンでしょう」

「勿論ですよ。南北戦争はアメリカの独立よりずっと後の話でして『風と共に去りぬ』の頃ですからね」

「世界史の勉強をしていないんじゃないでしょうか」

「多分そうです。〝ゆとり教育〟とか何とか言って単なる〝おさぼり教育〟だったんじゃないですか」

「正に〝おさぼり教育〟でしてね、最近はやっと少し何とかしようとしているようですがね。基礎学力が低下すると、いくらノーベル賞を貰っても日本の国力は劣化する一方ですからね。〝遅かりし文部省正しくは文部科学省〟ですかね。芝居の台詞としては悪いですかな」

「それでは〝遅かりし晋之介〟っていうのはどうでしょうか」

「台詞としては〝遅かりし晋之介〟はピッタリですね」

「いやどうも恐縮です」と亭主は答えた。加賀谷先生はさらに、

「芝居はともかく、そもそも部活なんて必要ありませんよ。部活とはお遊びでしょう。マスコ

ミもスポーツ、スポーツと馬鹿みたいに騒ぎますが、スポーツもお遊びですからね。オリンピックの東京開催が決まったんで一段と騒ぎがひどくなりましたが、お遊びでなぜ騒ぐんでしょうかね。オリンピックはアマチュアのスポーツ即ちお遊びのお祭りで、言ってみれば地球村の運動会ですからね。そんなお遊びの運動会に何故に血税を投入しなければならないのですか」

「私も先生のお考えに全く賛成です。つまりこの国は勉強をやめてお遊びに夢中になったんですよ」亭主は先生に同調した。

さらに先生は「オリンピックの種目を増やすようなことを言っていますが、パン食い競争でもやればいいんですよ。どうせ地球村の運動会なんですから」

加賀谷先生はスポーツはお嫌いなようで、大学生の学力低下に怒り心頭なのである。吾輩が思うにこの財政難の折、運動会に血税を投入するとは狂気の沙汰である。さらに〝おもてなし〟と称して観光客から金を取ろうと言うのは何とも浅ましいかぎりである。先生はさらに英語を槍玉にあげた。

「それに英語、英語ってこれまた騒ぎすぎですよ。当然ながら母国語、即ち国語が一番重要で国語が出来るようになってから英語をやればいいんですよ」

「またまた先生のお考えに私も全く同感ですね。私としてさらに言わせていただければ、もう英語の時代はとっくに終わったと思いますね。アメリカの経済力・軍事力は没落の一途でしてね、と言うより完全に没落しちゃいましたからね。アメリカ国債の残高は二千二百兆円もありますしね。アメリカの時代は終わりでして〝東の風と共に去りぬ〟でしょうか。今や中国が著しく台頭し、東アジアどころか世界を支配しつつありますから。日本は中国からのお客様の買い物でようやく食っているという状態でしてね。それに人口も中国が世界一ですから日本語、即ち国語の次にやるべきは当然中国語ですよ。英語なんてそのずーっと下のクラスでスワヒリ語くらいのものでしょうか。そんな没落国家のアメリカと軍事同盟を強化するなんてナンセンスの極みですよ。中国はミサイルも原爆も沢山持っていますから、アメリカの原子力空母なんてミサイル一発で完全にお釈迦でしてね」

「うーん、中国語ですか。山川さん、それは貴重なご意見ですね。基礎学力の話に戻りますが、一度基礎学力の水準を大幅に下げてしまったんで元に戻すのは大変なんです。あるご婦人が言っていましたが『うちの子供三人は〝ゆとり教育〟で育ったんだ。一体どうしてくれるんだ』って怒ってましたよ。〝遅かりし晋之介〟だか〝駄目なりし晋之介〟ではすまないわけでして」

「そのご婦人の三人のお子様は〝ゆとり教育〟の気の毒な犠牲者ってことですかね」

「当然〝駄目なりし晋之介〟ではすまないわけでしてね。これからは教科書が急に厚くなるのですからね。それを教える教師は〝ゆとり教育〟で育っていますからね。不易流行という言葉がありますが、基礎教育は不易であるべきで流行に流されてはいけないんですよ。日本の教育水準は江戸時代から世界的に見ても非常に高かったんでして、ところが〝百年火星を待つ〟になってしまったんですよ『劣化する日本人』という本もありますが、昨今の社会状況を見ていますと、私は〝劣化してしまった日本人〟と言うべきだと思います。山川さんはどう思われますか」

「私は〝劣化してしまった日本人〟とは即ち日本国の没落だと思います。そのうち〝日本国没落論〟という本も出るでしょうね。例をあげれば凶悪な殺人事件がきわめて多いということがあります。毎日のようにありますしね。それも妻が夫を殺したとか、親が子供を虐待して殺したり、祖母が孫の腹を包丁で刺して殺したという事件もありましたが、学校でいじめられて自殺したという事件も多発してますしね。これも殺人と同じことですよ」

「確かにそのとおりですね。私が一番驚いたのは名古屋大学の十九歳の女子学生が何の恨みもない七十七歳の女性を手斧で殴り、さらにマフラーで首を絞めて殺したという事件ですよ。その女子学生は人間を殺してみたかったと言っていたそうですがね。名古屋大学と言えば旧帝国大学でしてね。それに近年は名古屋大学出身者が何名かノーベル賞を受賞していますからね。私の大学は有名な私立ですが残念ながら卒業生でノーベル賞を貰った人はいないんです」

「十九歳の女子学生の手斧による殺人事件より〝百年火星を待つ〟と学生がレポートに書く方

が余程と言うか全然いいですよね。〝火星を待つ〟はお笑いでテレビの『笑点』大喜利みたいなものですからね」

「うーん、山川さんの言われるとおりですね。殺人も多いですが自殺も多いですね。私は京王線を利用していますが、飛び込み事件は日常的に起きましてね、乗っている人からすると迷惑千万な話ですが誰も好きで電車に飛び込むわけはないんでして深刻な事情があるんでしょうね。それに、オレオレ詐欺とかインターネット犯罪、女性のスカートの中盗撮等全て日常茶飯事になっていますからね。殺人事件はほとんど解決していないんでしょう」

「ええ、そうなんです。未解決事件が四百件近くありますよ」

「えーっ、そんなにあるんですか」

「かなり昔に私の家の近くで起きた世田谷一家殺人事件もいまだに解決していないんでして」

「えーっ、あの有名な事件は山川さんの家の近くですか」

「そうなんです。あの事件の舞台は仙川沿いの私の散歩路でしてね、付近に公園やテニスコートがあるなかなか良い散歩路なんですが、事件の起きた家は昔から何とも異様な雰囲気が漂っていましてね。お化け屋敷ですよ。そのうち何か重大な事件が起きるような予感があったんです」

「山川さんは探偵になれるんじゃないですか。シャーロック・ヤマカワ或いは日本風にして山川小五郎というのはどうですか」

「いやいやどうも。でもあれほど凶悪な事件が起こるとは思っていませんでしたが、あの事件の件で私の家へ警察が三回も来ましたよ」

「えーっ、警察が三回ですって」

「そうなんですよ。最初は成城警察の警部が来て、あの事件は十年以上昔の年末だったと思いますが、私はその日は散歩に出ていないんですよ。私の靴のサイズと私の息子の靴のサイズを訊かれましたよ。その警部の話では殺された夫人とそのご主人の顔は包丁でメッタ刺しだったそうです。残酷なやり方ですね。子供だけは首を絞めて殺したそうです。結局犯人らしき人物の靴のサイズとは全然違っていましてね。何も知らないので当然無罪放免ですよ。そうしたらその後で警視庁のお偉い方、たしか刑事部長殿か警視殿が二回も来ましてね。〝犯人は判っている〟と言っていろいろ訊かれましたよ。でも〝証拠が無いんでどうにもならない〟とも言ってましたが、警察それも成城警察と警視庁のお偉い方が三回無駄足を踏んだわけでして。私は三回無罪放免になりましてね」

「へえーっ、顔を包丁でメッタ刺しですか。ひどい殺し方ですね。犯人は判っていたんですか」

「どうもそうらしいんですよ。警視庁のお偉い人の話では。加賀谷先生のお宅には警察は来なかったですか」

「私の家には来ません。そのお化け屋敷とはかなり離れていますからね」

「女性のスカートの中の盗撮事件も多すぎますね。女性用トイレの中に盗撮カメラを設置したという事件も同様ですね。犯人は小中学校の教師とか校長或いは巡査部長とほとんど決まっていますが、さらに危険ドラッグによる暴走殺人事件も増えてますし、ボケ老人いや認知症老人による高速道路の逆走による大事故も多いですしね」

「この国は上は大臣、国会議員から下は教師、警官、一般庶民に至るまで駄目になったのでしょうか」

「正に先生の言われるとおりですね。『晋三よ！　国滅ぼしたもうことなかれ　〜傘張り浪人決起する〜』という本が出ましたね。著者は政治家の亀井静香氏でしたが」

「そのとおりですよ。アベノミクスとはアホノミクスだってある経済学者が言ってましたが、バブルで浮かれていたのが悪かったのでしょうか」

「戦後史を長い目で見ると、昭和三十年代は比較的健全だったと思いますね。クレージーキャッツやザ・ピーナッツが活躍した古き良き時代でしてね。ところが昭和三十九年の東京オリンピックが悪かったですね。オリンピック自体は成功して多くの日本人は金メダルに大喜びしたんですが、その後の反動で不況がひどくなり、ついに国債を発行せざるをえなくなったんです。たしか福田蔵相の時でしたか、一兆円か二兆円くらいだったかと思いますが、福田蔵相は景気が良くなってすぐに返済出来るから問題はないと言っていましたが、これが全くのウソでしてね、今では国債の発行残高は一千兆円を超えてしまったんですよ。日本国債の信用度は世界中で上から五〜六番目くらいで韓国より下の地位なんです」

「えーっ、一千兆円以上ですって、どうやって返済するんですか。少子高齢化の国だって言うのに」

「全く不可能なことです。アホノミクスだかアベノミクスが成功したとしても到底無理ですね」

「ではどうなるんですか」

「全部国債をチャラにするだけですよ。国債はただの紙クズになりトイレットペーパーにもなりませんけれど」

「全部チャラにするというのは分かりますが、それをどうやって支払うんですか」

「やり方は簡単でしてね。将棋で言えば初段クラスでも知っている定跡ですが、まず預金封鎖です。ある日突然預金が一切使えなくなるんです。戦後にあったことですがね、国民の預金したお金を全て国債の返済に充当するんです」

「将棋の定跡ならいいんですが、預金が全て使えなくなる、つまり預金がゼロになるわけでしょう」

「誰か有名な人が言ってましたが〝国家とは強盗なり、但し合法的な強盗である〟という言葉がありますが、正にその通りでしてね」

「それは困りますね。でも法律が出来たらどうにもなりませんね。法律を作るのは政府即ち国家ですからね。うーん困りましたね、何かいい方法はありませんか」

「方法としては直前に銀行預金を下ろして家の金庫にでも入れておくか、または金やダイヤモンドにして隠しておくくらいしかありませんね」

「うーん、そうですか。しかしそんなことをすると本物の強盗に取られるのではないですかね」

「ええ本物の強盗に狙われて、それこそ顔を包丁でメッタ刺しにされる危険は大いにありますね」

「どうにもなりませんね」

「もっとも、預金封鎖の前に消費税に限らず他の税金もどんどん上げるでしょうし、現実にそうなっています。年金もさらに一層減らし国公立大学も私立大学も大幅に減らすでしょう。理化学研究所のようなウソツキ研究所も当然廃止になると思いますよ。そもそも、日本は先進国中では最貧国ですからね。アジアの中では所得水準は中位の国にすぎませんから、大学はごく少しでいいんです」

「確かに大学は多すぎますね、私でさえ聞いたこともない私立大学や大学院が沢山ありますから。私の大学は大丈夫でしょうか」加賀谷先生は急にご自分の大学が心配になったらしい。

「先生の大学は全国的に有名な私立大学で歴史のある名門中の名門大学ですから勿論大丈夫ですよ」加賀谷先生は、ほっとした様子になった。さらに亭主は「国公立大学も同じでして私も全然知らない大学が随分沢山ありましてね。結局、東大と京大以外は消える運命にあるでしょうね」と言った。先生は「私は何とか〝百年火星を待つ〟という大学で定年までいられるようで安心しました」と少し笑い顔になった。

「国債の問題以外になりますが、福島の原発の処理が完全にお手上げでしてね。どうにもならないんです」

「福島の原発処理は大分進んでいるんでしょう」

「それは大本営発表と同じことですよ」

「つまりウソですか」

「勿論ウソですよ。ミッドウェー海戦の時、大本営は大敗北をかくしましたね。日本海軍は加賀、赤城以下主力空母を全て失い完全に無力化したんですが、国民には告げなかったですね」

「うーん、たしかにそうですね。でも船艦大和も武蔵も残ったんでしょう」

「確かに大和も武蔵も残りました。しかし太平洋戦争は日露戦争とは全く異なり、主戦力は空母つまり航空母艦でしてね。船艦は無用だったんです。大和も武蔵も何も出来ず、ただ沈没しただけです」

「えーっ、大和も武蔵もただ沈没するだけの船艦だったんですか、それにしては高くつきましたね」

「もっと言いますと、アメリカのルーズベルト大統領は若き日に海軍の次官補（日本で言えば局長クラス）を経験していまして、日米がいずれ太平洋で戦争することを予期していたんです。その際船艦は全く無用で空母の戦いになると知っていましてね。その上日本軍や外務省の暗号は全て解読されていたんです。日本は陸海軍も外務省も完全な情報音痴でしてね、それは今でも全く変わりませんが、ルーズベルトは当然真珠湾攻撃を知っていたんですよ。知っていたのはルーズベルトとFBI長官だけでしたが、ですから日本軍が真珠湾に来る直前に空母を全て真珠湾のなるべく外へ出すように命令しています。それで船艦アリゾナ等を全て犠牲にしたんです。どうせ船艦は役に立たないって知っていましたから。そうすればアメリカの世論は対日戦争に一致して賛成すると読んでいましてね。その読みはピタリと当たりましたね」

「あの時、〝勝った、勝った〟と言って喜んでいた日本国民は何も知らなかったわけでしょうか」

「そのとおりです。ミッドウェーの時も海軍の暗号は全て解読されていました。それで空母ヨークタウン等を全てミッドウェー島からかなり外に出して、そこから戦闘爆撃機を発進させて日本海軍の主力空母加賀、赤城以下を全て沈没させたんです。日本は物量で敗ける以前に情報戦で完全に敗けていましてね。それは現在でも同じことが言えます。ですから日本人がシリアで二人、チュニスでも三人殺されたんですよ。空母を失った日本は以後全く勝ち目のない戦争を続けガダルカナルにインパールと敗北を重ね、神風特攻隊などという世にも愚かなことをやり、さらに東京大空襲で十万人の市民が死亡、結局原爆を二発投下されてようやく終戦に至ったわけでして、なんともお馬鹿な戦争をしたとしか言えませんね」

「確かに政府も陸海軍も大馬鹿者ぞろいでしたからね。山川さん、ルーズベルトの件は何で知ったんですか」

「相当昔、学生時代に神田でルーズベルトの伝記本を買いましてね、そこに書いてあったんですよ。それで情報音痴の件ですが、私の高校時代の友人に外交官がいましてね、彼の話だと外国に行くといいんだそうですよ。高級マンション、高級車、それにメイドまで付けてくれるそうです。勿論全て税金ですからね。仕事と言えば夕食会にオペラや音楽鑑賞、全部税金ですよ。こんな体たらくでは、英語だの国際化だのと言ったところで遊んでいるだけで何の役にも立たないどころか国際社会の厳しさの中で生き延びることは国家として不可能なんですよ」

「うーん、困ったことですね。それで大本営発表と福島の原発処理はどうつながるんですか。ウソと言うことは判りましたが」

「福島の原発のうち四号機だけは稼働していなかったんで処理は簡単なんですが、一号機から三号機までは稼働中だったんでメルトダウンしましたね。水素爆発したと言ってましたが、水素爆発では水が出来るだけですからね。メルトダウン即ち核燃料が不完全な原爆になったということですよ。ストロンチウム九〇やトリチウムは原爆で発生するものでして、水素爆発では発生しません」

「廃炉とか何とか言ってますが、政府が前面に出ればいいんじゃないですか」

「政府がやっても同じことです。メルトダウンした核燃料は不完全ながら原爆と同じですから人間が近づけば死にますよ」

「ロボットを使えばいいと思いますが、アメリカの原発事故ではロボットを使ったんでしょう」

「ええ、確かにロボットを使う手はあります。アメリカのスリーマイルアイランドの事故では格納容器に水を入れてロボットで核燃料を取り出しましたが、福島の事故はアメリカよりずっとひどい状態でしてね。格納容器つまり核燃料のウランを入れる頑丈な鋼鉄製の入れ物ですが、これに穴が空いたか底が抜けた状態なんです。ですからアメリカのように水を入れて放射能をさえぎりロボットを使うという程簡単にはいかないんですよ。穴が空いたり底が抜けた格納容器を水で満たすことは不可能ですから。いろいろ検討していますが、相当困難というか、ほぼ不可能に近いようです。火星人でも連れて来てやってもらいましょうか。いやこれは冗談ですがね」

「政府は四十年で出来ると言ってるようですが」

「四十年どころか、それこそ〝百年火星を待つ〟ことになるかもしれませんね」

「うーん〝百年火星を待つ〟ですか、それでは駄目ですね。どうすればいいんでしょうか」

「今はメルトダウンした核燃料に海水を入れて冷やしていますが、その海水は大量に放射性物質を含んでいます。放射性物質と言っても百種類くらいあるんで全部を完全に取り除くことは不可能なんです。フランスのアレバ社の機械を使ってみましたが、全然駄目で次に東芝のサリーという機械にしましたが、やはり役立たずで今はアルプスという機械を使っていますが、役立たずで駄目な点は同じですよ。そもそも不可能なんです。もともと福島の原発はアメリカGE社製のマークIという機械でしてね。その導入に一番反対したのは東電の技術陣でしてね。マークIは欠点の多い機械だったんですよ」

「山川さんはどうして東電のことをご存知なんですか」

「私は昔銀行に勤めてましてね。三十歳前後の四年間、東電の融資担当者をしていたんですよ。

東電の本店にはいつも呼び付けられましてね。三百回以上東電の本店に通ったと思います。まあ、ご用聞きみたいな仕事でしたよ。当時の東電の若い社員達の鼻息は荒かったですよ。〝うち（東電）より偉いところは日本に一つも無い〟と言っていたくらいですから。銀行員の私なんか人間じゃなく虫けらの如き扱いでしたからね。何しろ世界最大の電力会社ですからね。私は東京電力じゃなくて〝横暴電力〟だって陰で言ってましたが。私がある時、通産省や総理大臣はどうですかって訊いたら〝うち（東電）にガタガタ文句を言ったら通産省の電気を止めてやる。総理大臣官邸だって電気を止めてやるから〟ですって。それで皇室はどうですかって言ったら〝皇室だけは電気を止められません。それに皇室は文句を言ってきませんからいいんで〟、そんな回答を今でも覚えています。当時の若い人が今では部長クラスになっていますよ」

「えーっ、山川さんが昔銀行で東電を担当していたんですか」

「そうなんです。若い頃ですがね。いつも無理難題を押し付けられて随分苦労しましたよ。そのせいかどうか入院三十回、手術はガンの手術三回を含めて十回ということになり、最後は精神病ということにされて精神科にも五回入院しましたよ。まあなんとか生き延びたんですが、丁度ガダルカナルで生き残ったようなものでしてね」

「それは大変なことでしたね。想像を絶しますよ」

「私のことはともかく、福島の原発を造るとき、あと十メートルか二十メートル土を盛って高くして造るべしという主張も東電の社内であったんです。でもコストの問題で却下されたそうです」

「へえーっ、東電の技術陣が反対するほど悪い機械だったんですか」

「マークIという機械はGE社の初期の機械でしてGEの技術者も〝あれは欠点の多い機械だった〟と言っているくらいですからね。今では日本の日立、東芝、三菱重工でも原発は造れますが、当時はアメリカのGE社とフランスの会社くらいしか造れなかったんです。日本は、日本と同じ没落国家であるアメリカと関係が深いですから、アメリカGE社製の原発を買ったんですよ」

「へえーっ、全然知らなかったですね。それで土を盛って高くして造るという案は良かったんじゃないですか」

「やはり経営者はコスト重視ですからね。今でも一も二にもコスト重視で、どこの会社も同じですからね。コストばかり重視するとあとでろくなことにならない場合も多いんです。当時の東電の経営者の責任は重大ですが全員仏様になっていますから、〝知らぬが仏〟ですよ」

「それではこうなった以上どうなるんでしょうか」

「二つしか方法はないと思いますよ。まあ、極論とか暴論と言われるでしょうが、ここは〝見切り千両損切り万両〟という相場の格言に従って、一つは海水の除染はあきらめることです。

コストは安くなりますよ。海水は除染しないでそのまま太平洋に流すことです。太平洋は放射能の海になりますが、なにしろ太平洋は広いですからね。たいして心配はないでしょう。魚も食べられますしね。もっとも大分後になって恐ろしいことになるかもしれませんが。もう一つの方法は一番単純でコストも全然かかりません。あれほどコスト重視で威張っていた横暴電力ですからこの方法がベストでしょう。つまり冷却水を入れないで、そのまま何もしないことです。やがて温度が上がってある温度に達すると一号機から三号機まで全て原爆になります。ドッカーンと三発、これで終わりですよ。放射能は風に乗って西から東に流れて行きますからアメリカに行くでしょうね。もともとアメリカGE社製の原発ですからね。〝自分がまいた種は自分で刈りとる〟ということになりますか。それとも映画〝放射能は風と共にアメリカに去りぬ〟になりますかね。アメリカは日本に原爆を二発落としましたからね。三発分の放射能が飛んで行っても仕方がないでしょう。因果応報ってことでしょうか」

「うーん、恐ろしいですね」

「あとは昔アメリカのドリス・デイという歌手が唄っていたように〝ケ・セラ・セラ〟ですよ。なるようになるって意味ですが」

「山川さん、原爆になるんでしょう。三発も〝ケ・セラ・セラ〟ではすまないですよ。私のような文学部の大学教授にはどうにもならないってことでしょうか」

加賀谷先生は額に深いシワを寄せ深刻な表情を見せると、なぜか額に右手を当てて大きく溜め息をついた。

〝正に日本国没落嗚呼悲しからずや〟である。

吾輩が思うに「フーテン」の亭主が言っていることはどこまで本当か見当がつかない。しかし、奥様の話では亭主は確かに昔銀行に勤めていたそうで東電の本店に毎日のように通い、東京電力のご用聞きの仕事をしていたことは確からしい。原発の問題はさておき、凶悪な殺人事件の多さといい、スカートの中盗撮事件、オレオレ詐欺、さらには危険ドラッグを使用して車を運転し人間をひき殺す等全て日本国没落の象徴の如きものである。

芝居の台詞としては〝駄目なりし晋之介〟がピッタリであろうか。

「国破れて山河あり　城春にして草木深し」

という有名な漢詩があるが、もしかすると、

「国破れて山河なし　春来たれども草木道路ビル、車、人間も無し　日本国滅亡嗚呼言葉もなし」

ということにもなりかねない。猫は強い動物だから、たとえこの国が滅びても猫は生き残ると吾輩ブラームスは確信している。加賀谷先生の溜め息を聞いた亭主は、先生にお茶も差し上げていないことにやっと気が付いた。「加賀谷先生、お茶も差し上げず大変失礼いたしました。今コーヒーを沸かしますが、いかがでしょうか」と先生にコーヒーを勧めた。先生は古い紺の背広のポケットから、十年以上愛用していると思われる懐中時計を取り出し、おもむろに時刻を確認した。

吾輩が知るかぎり明治時代の遺物の如き懐中時計を使用している人間は加賀谷先生ただ一人である。姓名も古典的であるが使用している古い紺の背広、懐中時計に至るまで古典的な人物である。時刻を確認した先生は「コーヒーは大好きです。でも今日はこれから教授会がありまして、終わったら暑くなってきたことですからビールを飲もうと思っているんでして、せっかくですがコーヒーはご遠慮申し上げます」

「えっ、先生、大学にビールがあるんですか」

「フーテン」の亭主は相当驚いたようだ。

「ええ、私の研究室に冷蔵庫がありましてね、そこにビールが入っています。つまみのチーズもあります」

「先生、それでは学生もビールを飲んでいるんですか」

「いえ、勿論学生にはビールを飲ませません。でも私の助手は飲んでいるかもしれません。特にビールやチーズの在庫管理はしていませんから無くなれば事務の女性が業者に発注してくれますのでいつもありまして、今日も教授会が終わったら研究室で助手とゆっくりビールを飲むことにしています」

吾輩が思うに、レポートに〝百年火星を待つ〟と書いた学生の基礎学力低下は大いに問題であるが、全国的に有名で歴史の古い名門私立大学文学部国文学科の教授や助手が研究室でチーズをつまみにビールを飲むこともきわめて問題であろう。加賀谷先生は「教授会がありますのでこれで失礼します」と言い、急いで山川家を去って行った。

第四章

ホトトギスの女流俳人佐藤澄子さんとの俳句談議
そしてブラームスのピアノ協奏曲第一番二短調

加賀谷先生が教授会とビール会の為帰ると、久し振りに女流俳人の佐藤澄子さんがこの家へ来た。亭主はコーヒーを沸かし、居間で早速二人でコーヒーを飲みながら俳句談議を始めた。日本国没落論から話は一転して俳句になった。佐藤さんは以前亭主の書いた次の五句をテーブルに置いた。

第一句　初夢や　金も拾はず富士も見ず
第二句　琴の音のはたとやみけり　梅の宿
第三句　百日紅《サルスベリ》　浮き世は暑きものと知る
第四句　時鳥《ホトトギス》　あれに見ゆるが銀閣寺
第五句　名月や　杉に更けたる南禅寺

どうせ佐藤澄子さんに判るはずはないと亭主は考え平然たる表情をしている。

「山川さん、大分以前、去年だったかしら、いただいたこの五句について考えたけれども、判らないわ。作者はホトトギスと関係が深い人なのよね。そうすると高浜虚子と親しかった夏目漱石じゃないかしら」

「さすがはホトトギスの俳人ですね。この五句は全て替え句ですが、原作者は夏目漱石先生です」

「第四句は〝時鳥《ホトトギス》　あれに見ゆるが金閣寺〟ではないかしらね。第五句は〝杉に更けたる法隆寺〟かしらね。お寺は沢山あるし判らないのよ」

「えーっ、クイズでもテストでもありませんが二句とも違っています。正解は第四句は知恩院で第五句は法隆寺ではなく東大寺なんです」

「あーっ、そうなの、思っていたとおりお寺の名が違っていたのね。第一句から第三句まではいくら考えても判らないわ。いろいろとホトトギスの人に訊いてみたけれど全員判らなかったわ。百年考えても無理でしょうね」

「第一句の元の句は二つありましてね、一つは〝初夢や　金も拾はず死にもせず〟なんです」

「えー、〝死にもせず〟ですって、考えもしなかったわ」

佐藤澄子さんには予想外だったらしい。困惑した顔を見せた。自称俳人の「フーテン遊民」

が本物の俳人、しかも句会の頂点に立つホトトギスの俳人の困惑した顔を見て例の如く腹の中で舌を出していると吾輩は推察した。

「ところが元の句はもう一句ありましてね、〝初夢や　金も拾はず糞も見ず〟なんです」

「〝糞も見ず〟ですって、汚い俳句ね。漱石先生でもそんな句を作るのかしらね。私には夢にも思いつかなかったわ」

「ええ、正しく夏目漱石大先生の俳句なんです。ちょっと考えにくいんですが、面白いことは確かです」

「第二句はどうなの、本物は」

「第二句の本物は〝尺八のはたとやみけり　梅の門〟なんでして、尺八を琴に変え、梅の門を梅の宿に私が変えてみたんです」

「あーっ、それも全然判らなかったわ。尺八より琴の方が良いかもしれませんね」

「私もそう思いまして琴にしたんです。梅の門も梅の宿も似たようなものでして」

「第三句はどこも変えたようには思えないけれど」

「第三句の元の句、即ち漱石先生の句は〝百日紅　浮き世は熱きものと知りぬ〟なんです。私が熱きを普通の暑きとし、ものと知りぬは字余りなので〝百日紅　浮き世は暑きものと知る〟と添削したつもりなんです。夏目漱石大先生の俳句を添削するなんて恐れ多いことですが」

「夏目漱石の俳句を添削する人なんて山川さん以外にいないわよ。でも漱石の原句は字余りだけど味はあるわね。それに熱きも感情がよく表れているし」

「そのとおりです。私もそう思いましたが、分かりやすいように添削したんです」

「えー、山川さんには参りますね。漱石の今の五句はどこで知ったんですか」

「大昔に出版された漱石全集がありましてね、全五十巻くらいですが、私が中学時代に読んだ本でして、その中に出ているんですよ」

「それでは私が判らなくて当然よ」

「そのとおりです。判る人はほとんどいないでしょうね。ホトトギスの主宰者汀子先生、今は廣太郎先生になったんですね。汀子先生でも廣太郎先生でも、まず判らないと思います」

「確かに主宰者は汀子先生から廣太郎先生に替わりました。両先生共に判らないと思いますよ。ええと、完全に参りましたね。それでは他に漱石先生でなくてもいいんですが、替え句ではなく本物の名句はないかしら」

「そうですね。これも漱石先生の句ですが、〝春の夜の　雲に濡らすや洗ひ髪〟という句があるんです」

「それはいい句だわ。〝雲に濡らすや〟は非凡な表現ですね」

「私もそう思います。まず雲は思いつかないですよ」

「さすがは漱石先生ね。文章だけではなく俳句も達人なのね。でも一般には知られていない俳句だわ」

「全然知られていないでしょうね。そもそも漱石の俳句は知られていないんですよ」

「では漱石先生以外の人の名句を教えて下さい。あまり知られていない句でもいいですよ」

「では夏目漱石先生以外の名句を三つご紹介しましょう。

第一句　〝雲ぎりの　しばし百景つくしけり〟

〝雲ぎりの〟というところが秀れていると思いますが」

「えーっ、聞いたこともない俳句だけれどたしかに名句ですね。誰の句だか判りませんが、えーと、えーと、もしかしたら蕪村じゃないかしら」

「残念ながら蕪村ではないんでして、蕪村よりもっと有名な俳人の句ですよ。この句は句碑があります」

「えーっ、そうなの、蕪村より有名な俳人と言えば芭蕉かしらね」

「正にその通りです。松尾芭蕉の俳句でしてね。河口湖畔で富士を見て作った句で、湖畔にこの句の句碑があります」

「あーっ、分かったわ、山川さんはその句碑を見て知っていたのね」

「そうなんですよ、名句でしょう」

「成る程、河口湖畔から見た富士は一番綺麗ですからね。それに雲も多いでしょうし」

「では第二句ですが、

〝満山の白山茶花《サザンカ》に　夕時雨〟

なんですが」

「えーっ、〝満山の白山茶花《サザンカ》〟ですって、この句は変ね。山茶花も夕時雨も秋の季語でしょう。季語が重なるのは良くないと言われてますし、それに白山茶花はありますが、山一面に白山茶花が咲いている風景なんて見たことないし、あるのかしらね」

「ええ、そのとおりです。日本にはないと思います。この句は有名な女流俳人が中国に旅行した時作った句と言われています」

「ええーっ、中国なの。どうも日本の景色じゃないと思ったわ。有名な女流俳人ですか。えーと、その人も見当が付かないわね」

ホトトギスの女流俳人も「フーテン遊民」には、ほとほと参ったようだ。

「その有名な女流俳人の一代の名句がありまして、その句碑は世田谷区内にありますが」

「その句碑の俳句を教えて下さい。そうすれば判るかもしれません」

「ええすぐにお判りになりますよ。あまりにも有名な〝外《ト》にも出よ　ふるるばかりに春の月〟ですが」

「あっ、中村汀女さんなのね」

「正にそうです。汀女さんの句、中国旅行中の句なんでして。

では第三句ですが、

〝深大寺　大屋根落葉ささりしまゝ〟

これも女流俳人の句ですが、戦後女流俳句会のリーダーと言われた人ですがホトトギスの人ではありません」

「えーっ、またまた困りましたね。深大寺が違うんじゃないの」

「この句は本物なんで正に深大寺なんです」

「『ささりしまゝ』が字余りでちょっと変ですが」

「たしかに字余りですが有名な女流俳人の本物の句でして」

「有名な人ですって、ますます判らなくなったわ」

「この女流俳人は二回結婚してましてね、二度目の亭主は自分より十歳以上歳下の男だったんです。今ではよくあることですけれど、かなり昔のことなので この女流俳人は周囲の人から大いに冷やかされたそうです」

「ええーっ、十歳以上歳下の男と二度目の結婚をしたんですって」

「そうなんです」

「俳人の割には私生活は派手な女だわね。ますますどころか全然判らなくなっちゃったわ。またしてもお手上げだわ」

ホトトギスの俳人佐藤澄子さんは両手を少し頭の上に上げると完全に困った顔をした。

亭主はもう十分と判断したようで助け舟を出した。「この深大寺の句はあまり有名ではないので、この人の有名な句をご紹介します。それで誰だかお判りになると思いますよ」

「どんな句なの」

「〝普段着で普段の心　桃の花〟というのがありますが」

「えーと、えーと、その句は聞いたことはあるわ。誰だったかしらね。ちょっと珍しい名前の人だったと思います。二〜三分考えさせて下さい」

「ええどうぞ、十分でもかまいませんよ。クイズではありませんから」

「最初の一文字を教えて下さい。そうすれば判るかと思いますが」

「そうですね、太い細いの細いなんですが」

「あーっ、やっと判ったわ。細見綾子さんでしょう」

「正にそのとおり、細見綾子さんです」

「山川さんは句会にも入っていないし俳句の素人なのに、よくいろいろご存知なのね。長年ホトトギスの句会に参加し続けている人でも知らない句ばかり、それも名句をご存知とは感心しましたわ。今日は参ってばかりで恐縮ですが、では山川とおるさんのご自作の俳句を是非教えて下さい」

「ええ、ちょっと恥ずかしいんですが、それにあまりにも平凡ですし、人間が凡人ですから平凡な俳句しか出来ないんですよ」

「平凡でもいいから教えてよ」と佐藤さんは亭主の自作の俳句を催促した。

「それでは誠に僭越ながら山川とおる作の俳句を三句申し上げます。

第一句　濃紫《コムラサキ》　野ぼたんの径巡りたり
第二句　金銀に棚引く雲や　初日の出
第三句　早咲きの梅に誘はれ　夕散歩

いかがでしょうか、我ながらあまりにも平凡なんですが」

「確かに平凡ではありますけれど、俳句らしい花鳥風詠の世界だわ。かなり古風な俳句だと思いますが、私は今時の俳句は嫌いで古風な方が好きなのよ。俳句は本来花鳥風詠が基本ですからね。今の俳句は技巧的すぎるので好きになれないわ。松尾芭蕉は〝不易流行〟と言ってましたが、私は俳句は不易であるべきで流行に流されてはいけないと思っています。松尾芭蕉がどういう意味で〝不易流行〟と言ったのか真意は定かではありませんが」

「どうも恐縮の至りです」

「山川さん、誠に勝手なお願いで申し訳ないのですが、山川さんの三句を何かの機会にホトトギスに私の作品として出してもいいでしょうか」

「ホトトギスの俳人佐藤澄子さんに認めていただければ、私としては光栄の至りです」

「山川さんの作品を私の名前で出すことは正確には盗作になるんですが」

「全然かまいません。漱石の俳句にも〝盗作も糸瓜も糞もあらばこそ〟というのがありましてね。本物を少し変えていますが」

「えーっ、そんな句があるの。漱石先生は糞の句が多いのね」

「そうなんです。大先生ですからね。糞も多かったんでしょう」

「私もその漱石先生の句で安心しました」佐藤さんは、亭主の自作の三句をメモに書き、読み上げて確認すると、「もう奥様お帰りの時間じゃないかしら」と亭主に訊いた。「あと三十分くらいで帰って来ますよ」と告げると、俳人は「では私はこれで帰ります。また寄らせて下さい」と言い玄関に出た。吾輩は女流俳人なる人種に興味があったので玄関で佐藤さんの顔をよくよく眺めてみた。ホトトギスの女流俳人と言ってもごく普通の女性、ただのオバさんにすぎない。佐藤さんは吾輩を見て「あら、山川さん犬を飼っているの」と訊いた。この家の客はベンツの社長をはじめ吾輩を見ると必ず犬と間違える。「佐藤さん、この動物は犬ではなく猫なんです。白と黒のブチ猫なのでブチのブをとって『ブラームス』と名付けました。オスなら『ヨハネス・ブラームス』とするところでしたが、あいにくメスなので『マーガレット・ミッチェル・ブラームス』と名付けました」と吾輩を佐藤さんに紹介した。「珍しい名前ね。『マーガレット・ミッチェル・ブラームス』って名前の猫は世田谷には勿論、日本中もしかしたら世界中にこの猫だけじゃないの。でも猫は俳句には向かないわね」と驚いた顔で吾輩を見つめた。「面白いブチ猫で珍しいわね」と言い門の外に出た。門の外には五月のそよ風がおだやかに心地よく吹いている。佐藤さんは「では失礼します」と言い、そよ風に乗ってこの家の西にある佐藤家に向かって去って行った。

亭主は吾輩を見ながら五月のそよ風の中でしばし佇んでいたが、やがて〝そよ風と　俳人共に猫を去る〟と呟いた。これは五七五になっていて、そよ風という季語が入っているから一応俳句と言える。しかし佐藤さんの言ったようにどうも猫は俳句に向かない。ただ吾輩が思うに、メンデルスゾーン作曲・クライスラー編曲の〝五月のそよ風〟という有名なヴァイオリンの小品があって、その曲はなおちゃんの大好きな曲でもある。亭主はどうやらそのヴァイオリンの小品を考えて俳人と吾輩ブラームスを入れ、さらに『風と共に去りぬ』のパロディ風俳句としてこの句を作ったものと思われる。以前ベンツの社長が帰った時に作った〝春の夕　ベンツは風と共に去る〟と似たようなものである。

この「フーテン遊民」の頭の中には俳句に音楽、ルーズベルト大統領の話、ミッドウェー海戦、日本の没落さらには原発の問題等がゴチャゴチャに詰まっていて常に奇妙な不協和音を発しているようだ。なんとも奇天烈なる自称作家にして俳人さらに自称音楽評論家で世に例を見ない人間と言えよう。山川とおるという人物はチトカラあるいは世田谷のと言うより日本一の奇人であろうと吾輩ブラームスは思料している。

やがて奥様帰宅、今日はお兄ちゃんもなおちゃんも友人と外食なので、夕食は亭主と奥様の二人きりである。吾輩達猫一家の夕食は美味くない鮪の猫缶だが仕方がない。

居間兼食堂の様子は雨戸が閉まっていても音と匂いでよく分かる。亭主と奥様はスキヤキを食べている。亭主は例の如くビールを飲んでいるが奥様はほとんどビールは飲まない。奥様の飲み物は緑茶である。奥様は俳句は好きでないし、教育問題まして原発の処理には全く興味がない。二人は奥様の薬局の話をしている。奥様の同僚の女性は大変な美人でスタイルも抜群、ダンミツに似ているそうだ。その美人でダンミツに似た女性の亭主の渾名は何と狸のタヌ公、大変な美人でダンミツに似た女性が亭主に付けたという話である。狸のタヌ公殿の好物は鯵の干物で鯵の干物さえあれば一年中食べているらしい。そのタヌ公殿のオナラは音はしないものの相当臭いと薬局でいつもダンミツに似た美人は言っているそうだ。狸のタヌ公殿のオナラが臭いのは鯵の干物ばかり食べているせいか。そもそも狸だからかは判然としない。しばらくすると狸のオナラならぬスキヤキの美味そうな匂いと共にブラームスのピアノ協奏曲第一番ニ短調の荘重な響きがきこえてきた。

ブラームスのピアノ協奏曲は二曲あり、二曲共に傑作であるが演奏はきわめて難しい。この第一番のピアノ協奏曲は一九五三年録音のモノラル盤であるが、この曲の演奏としては最高の出来栄えであると吾輩ブラームスは確信している。ピアノ演奏は鍵盤の獅子王と呼ばれた二十世紀最高のピアニスト、ウィルヘルム・バックハウス、オーケストラはカール・ベーム指揮、勿論ウィーン・フィルで至高の組み合わせである。おそらくウィーン・フィル全盛期の演奏で、カール・ベームの指揮も秀れている。ウィーン・フィルの管も弦も申し分ない。しかしそれ以上にベーゼンドルファーを使ったバックハウスのピアノ演奏はなんとも素晴らしい。技術的にはきわめて難しい曲と思われるが、その難しさを全く感じさせずブラームスらしさをよく表現している。迫力もこの上ない程でオーケストラとの調和が絶妙である。加えてピアノの音色が燦然と輝いている。吾輩ブラームスは亭主の如き自称音楽評論家ではないが、このＣＤは名盤中の名盤と断定出来る。このピアノ協奏曲はＮＨＫの日曜『クラシックアワー』でも放送されることがあるが、このＣＤに比べればはっきりクズのピアノと演奏とこれまた断定出来る。

亭主はテレビで今年も年頭にウィーン・フィルの『ニューイヤーコンサート』を聞いていたが、「ウィーン・フィルも毎年悪くなる一方で随分落ちたものだ。今では全然駄目で論評に値しない。これではＮＨＫの『歌謡コンサート』並みで音楽ではない。ＮＨＫの『歌謡コンサート』は音楽ではなく音苦になっている。歌謡コンサートだから音苦ならぬ歌苦である。歌苦では歌を聞いて苦しむだけである。歌苦即ち音苦であり音楽ではない。ＮＨＫの『歌謡コンサート』並みに悪くなるとはウィーン・フィルも話にならない」と相も変わらず自称音楽評論家らしきことを曰っていた。ＮＨＫの人が聞いたら怒るであろう。もっとも亭主は受信料を払っているから文句も言えないかもしれない。しかしながら吾輩が思うにＮＨＫの『歌謡コンサート』を楽しみに聞いている全国のファンは「フーテン遊民」でイカレポンチの自称音楽評論家の亭主の言葉に、怒り狂うという可能性が高いのではなかろうか。この亭主の好きな歌手は、日本人では藤山一郎さん、越路吹雪、外国人では、メラニー・ホリデイ、フランク・シナトラ、ドリス・デイ、それからピアフで、ＮＨＫの『歌謡コンサート』に出場するはずはない。亭主の主張は一応理由はある。

スキヤキを食べ、ブラームスのピアノ協奏曲第一番ニ短調が終わると亭主は二階の寝室へ姿を消した。

吾輩ブラームスも「フーテン遊民」のお蔭で、今晩はブラームスのピアノ協奏曲第一番の名演奏を楽しむことが出来た。ＮＨＫの日曜『クラシックアワー』で聞くピアノ演奏とは、天と地ほどの差があることをあらためて思い知った。「フーテン遊民」も時には猫の役に立つこともあるがＮＨＫの役には立たない。

そろそろこの家のベランダにある犬小屋で母親の「黒兵衛」、妹の「スカーレット・シナトラ」と寝ることにしよう。吾輩の今夜の夢は、仙川沿いの包丁で大人二人の顔をメッタ刺しにしたという残酷きわまる世田谷一家殺人事件が起きたお化け屋敷のある亭主の散歩路ではなく、ヨハネス・ブラームスがこよなく愛した「ウィーン・わが夢のまち」であることを願っている。

吾輩も亭主の真似をして、俳句・川柳・短歌を作ってみた。猫でも俳句・川柳・短歌くらいは出来る。俳句は季語さえ入れればよいから何もホトトギスの俳人でなくても出来る。

一、俳句　そよ風と　ウィーンの街を散歩せり
二、川柳　猫の夢仙川でなく夢のまち
三、短歌　ウィーン・フィル随分下手になったもの日本没落それより悪し

最後に亭主も作らない都々逸に挑戦してみた。都々逸は七七七五にして世相を諷刺すればよい。

〝日本没落　底無し沼へ　駄目なりしかな　晋之介〟

猫の「マーガレット・ミッチェル・ブラームス」作の都々逸。

完

あとがき

本書の主人公「マーガレット・ミッチェル・ブラームス」は何ともユニークで面白い猫である。まるでパンダの如き白と黒のブチの毛並みで、尻尾だけは真っ黒で長く、その上中程で奇妙に曲がっている。

人と遊ぶことを好み人間が大好きな猫である。恰も人間の心が判っているかの如き仕草もしばしば見せる。また人間の観察にも長けており道行く人をよく観察している。

この不思議な猫「ブラームス」の視線から現代日本の社会経済状況を批判的に描いてみた。しかし、漱石先生の『吾輩は猫である』の時代から百十年以上経過した今、我が国も国際情勢も大きく変化したことは否定出来ない。世は移り変われども人間は同じことで、その精神構造はほとんど変わらないのではないかと考えている次第である。

漱石、虚子の両先生の時代から現在まで「ホトトギス」が続いているように、日本人の本質即ち精神思想は左程変わっていないと思われる。

この点につき読者の皆様のご賛同を得られれば猫の「マーガレット・ミッチェル・ブラームス」は悦びに満ち溢れた仕草を見せるであろうかと心底から推量している。

本書の上梓につき東京図書出版のスタッフの皆様より絶大なご支援を賜った。ここに衷心より謝意を表する。

夏目漱石没後百年の折に
山川とおる

山川　とおる（やまかわ　とおる）

昭和21年東京生まれ。成蹊高等学校、東京大学法学部卒業。三井信託銀行勤務を経て作家となる。趣味はカラオケ、将棋（アマ五段）。

【著書】
『鹿島の大番頭 ── 祖父喜三郎の思い出』（鳥影社）
『ガンの彼方に幸いあり』（鳥影社）
『エリザベス ── 現代版「吾輩は猫である」』（東京図書出版）

新編「吾輩は猫である」

2016年10月27日　初版発行

著　者　山川とおる
発行者　中 田 典 昭
発行所　東京図書出版
発売元　株式会社 リフレ出版
〒113-0021　東京都文京区本駒込 3-10-4
電話（03）3823-9171　FAX 0120-41-8080
印　刷　株式会社 ブレイン

ISBN978-4-86223-994-5 C0093
Printed in Japan 2016
落丁・乱丁はお取替えいたします。

ご意見、ご感想をお寄せ下さい。
［宛先］〒113-0021　東京都文京区本駒込 3-10-4
東京図書出版